Angelika Pauly

# Das unerbittliche Haus

### Erzählung

Carow Verlag

**Das Haus, unerbittlich**
die Pein unausweichlich

geh nicht hinein
wirst es bereuen

die Tür unverschlossen
auch das Dach ist offen

doch lass dich nicht rufen
verlasse die Stufen

kehr um und flieh
Glück gibt's hier nie

# Steinmenschen

Vor dem Haus stand ein Mann und klopfte an der Wand herum. Mit einem kleinen Hämmerchen schlug er auf die Fassade ein, legte dann sein Ohr daran, horchte, klopfte weiter, horchte wieder, befingerte die Steinplatten, die als Mauerputz am untersten Stock angebracht waren.

„Was machen Sie denn da?", fragte ein Passant.

„Nun ja", antwortete der Mann, „ich suche den Steinmenschen."

„Was für einen Steinmenschen denn?", war die nächste Frage, die etwas verwundert kam.

„Hier hat mal einer gestanden", sagte der Mann.

„Sie meinen eine Statue?"

„Nein, den Steinmenschen!"

„Einen Menschen aus Stein?"

„Nein, anders, ein Stein aus Mensch."

„Ein Stein aus Mensch, was soll das sein?"

„Ein Stein, der aus einem Menschen besteht."

„Ich kenne nur Steinmenschen, römische und griechische Statuen, aus Stein herausgeschlagen, mit fehlenden Armen und so."

„Ja, kenne ich auch, aber das war ein anderer Steinmensch, ein Stein aus Mensch."

„So etwas gibt es doch gar nicht!"

„Aber ja, so etwas gibt es!"

„Und wie?"

„Überlegen Sie mal, stellen Sie sich einen ganz kalten Menschen vor, mit einem Herzen aus Stein. Ja, und dann nach und nach versteinert der ganze Mensch ... das Blut gefriert zu Stein oder versteinert, wenn man es so nennen will. Der Mensch wird starr, kann sich nicht mehr bewegen und, kommt keine Hilfe, keine warme Hand, die sein Herzblut mit Liebe wieder erwärmt, dann bleibt er still stehen, schaut stur geradeaus, kann bald nicht mehr sehen und Sie haben einen Steinmenschen, einen Stein aus Mensch. Verstehen Sie jetzt?"

„Aha, soso, und der soll hier einmal gestanden haben?"

„Ja, zwei Stück sogar, rechts und links neben dem Eingang und nun sind sie fort. Haben Sie die vielleicht gesehen?"

„Ich glaube, Sie sollten mal zum Psychiater gehen", sagte der Passant, zog grüßend seinen Hut und ging eilig weiter.

Der Mann aber klopfte weiter an der Häuserwand entlang und suchte nach seinen Steinmenschen.

Die Zeit und der Tag vergingen, es wurde dunkel. Da schien er etwas gefunden zu haben! Er nahm einen größeren Hammer und schlug auf die Steinplatten ein, dass sie zersprangen. Dann ließ er den Hammer fallen, nahm etwas aus der Mauer heraus, steckte es in seine Hosentasche und ging.

Am nächsten Tag, als die Sonne aufging, sah man rechts und links neben dem Hauseingang menschliche Gestalten, fein säuberlich aus der Wand herausgeschlagen. Ein wenig Blut tropfte ebenfalls heraus.

# Die Treppe

„Ein Einschreiben!", schnarrte die Stimme des Postboten durch die Gegensprechanlage.

„Kommen Sie rauf!", sagte der Mann und drückte den Knopf des Türöffners.

Der Bote ging mit müden Schritten die ersten Treppen hinauf – es roch nach Farbe – und quetschte sich auf der dritten Etage an Farbeimern und einem Malergerüst vorbei, schaute auf die Klingelschilder der beiden Türen, als der Mann von oben rief: „Noch eine Etage höher!"

Die weiß gestrichenen Wände blendeten, der Postbote kniff die Augen zusammen, um sie zu schützen, und tastete sich die Stufen empor.

Vierte Etage.

„Höher! So kommen Sie doch!", forderte die Stimme von oben.

Intensiver Farbgeruch, hier war offensichtlich schon gestrichen worden, auch die Treppenstufe und das Geländer waren weiß, glänzend, strahlend, die Sinne vernebelnd. Die Türen der fünften Etage waren ebenfalls hell und gleißend und unterschieden sich kaum von den Wänden.

„Sie müssen noch höher, kommen Sie!"

Jemand kam die Treppe herunter gesprungen und zog den Postboten die nächsten Stufen hinauf. Geblendet schloss dieser die Augen und ließ sich nach oben ziehen.

„Ich muss doch unterschreiben, oder?", fragte der Mann.

Der Briefträger nickte.

„Kommen Sie bitte weiter", wurde er aufgefordert und er stolperte in eine sehr helle Wohnung, während die Wände und die Treppen hinter ihm zu einer hellen Einheit zerflossen. Der Eingang der Wohnung bestand aus einer Stufe und noch einer Stufe ...

„Wieso führen denn Stufen zu Ihrer Wohnung?", fragte der Bote verwundert.

„Ach, Architekten, Sie wissen ja, müssen sich immer etwas Besonderes einfallen lassen. Wir sind aber jetzt gleich da. Haben Sie einen Kugelschreiber?", war die Antwort.

„Nein", der Briefträger schüttelte den Kopf, „habe ich leider nicht. Haben Sie vielleicht eine Sonnenbrille für mich? Das Weiß blendet ja so furchtbar ..."

„Da gewöhnt man sich dran", lachte der Mann.

Der Postbote öffnete wieder die Augen und sah einen Mann vor sich stehen, der ganz in Weiß gekleidet war. Er erschrak und rief:

„Ich komme morgen noch einmal vorbei, mit einem Kugelschreiber!", drückte seine Posttasche an sich, verließ die Wohnung und suchte die Treppe, ertastete mit dem Fuß eine Stufe, die aber in die Höhe führte.

‚Sicher muss ich ein Hindernis überwinden. Mein Gott, man sieht ja hier gar nichts mehr', waren seine Gedanken und kleine Schweißperlen liefen seinen Rücken hinunter. Vier, fünf, sechs, sieben Stufen,

7

zwanzig, dreißig, er befand sich in einer weißen Hölle, in der es nur nach oben ging. Jede Stufe, die er hinunter zu gehen versuchte, bog sich und brachte ihn höher hinauf. Bald verlor er das Gefühl für den Raum, konnte oben und unten nicht mehr ausmachen, ging aber weiter auf der Treppe, die bald flach vor ihm zu liegen schien.

„Hilfe!", schrie er. „Hilfe!"

* * *

Aus der Gegensprechanlage schnarrte es: „Ich bin's, Martha! Ist der Kaffee schon fertig?", fragte eine fröhliche, ältere Frauenstimme.

„Komm hoch!", war die Antwort, der Türöffner summte und die Frau betrat das Treppenhaus, der Farbgeruch nahm ihr fast den Atem. Sie ging die Treppen hoch bis zur dritten Etage, stolperte über einen Farbeimer, hielt sich am Malergerüst fest. Pinsel, Terpentin, Öl und Farbe, aber kein Maler war zu sehen. Die alte Dame suchte auf dem linken Klingelschild nach dem Namen ihrer Freundin.

„Ich bin hier oben! Komm doch herauf!", rief es von oben.

„Warum bist du denn da oben? Wohnst du nicht mehr auf der dritten Etage oder bist du bei der Nachbarin?", fragte die Alte verwundert und stieg die Stufen hinauf.

„Komm einfach rauf!", erklang es wieder. Die weiß gestrichenen Wände blendeten und das Treppensteigen war sehr mühsam.

„Noch höher!", rief eine Stimme fordernd.

Auf der fünften Etage kam ihr jemand entgegen: „Komm, wir müssen noch höher!"

Sie wurde weiter hinauf gezogen, wehrte sich nur schwach, konnte nur noch wenig erkennen, ihr grauer Star tat sein Übriges. Die Wände verschmolzen mit der Treppe, die Türen zerflossen, die Stufen führten gleichzeitig nach unten und oben, bis sie schließlich flach in eine weiße Ebene führten. Vor ihr ging ein Mann in Uniform und mit einer Posttasche, der sich lächelnd umdrehte und ihr freundlich seine Hand reichte.

* * *

Die Tür des Hauses stand auf und der kleine, weiße Schmetterling flog hinein.

„Bleib hier, ich will dich doch nur ansehen!", rief das Kind und lief hinter ihm her, hustete, denn der beißende Farbgeruch reizte seinen Hals. Der Schmetterling flog weiter nach oben und das Kind lief die Treppenstufen hinauf, angestrengt Ausschau haltend, um das Tierchen nicht aus den Augen zu verlieren. Auf der dritten Etage stolperte es über einen Farbeimer und stieß sich an dem Malergerüst. Die Wände in ihrem strahlenden Weiß zogen den Schmetterling an, er klebte fest, riss sich aber dann los und flog weiter nach oben. Das Kind folgte ihm. Seine Hände klebten an dem Geländer fest, das frisch gestrichen und glänzend-feucht war. Auf der vierten Etage fand das Kind das kleine Flügeltier nicht mehr, zu hell, zu weiß, zu gleißend die Farbe der Wände und der Treppe, um noch etwas erkennen zu können, doch das leise Flügelschlagen verriet den Schmetterling, der noch höher geflogen war. Das Verlangen nach dem Tierchen zog das Kind zur fünften Etage. Hier aber konnte es nichts mehr sehen und rief laut nach seiner Mama. Blind vor Tränen tastete es sich auf den Stufen vorwärts, nicht wissend, wo oben und unten war, bis sich die Treppe flach in die weiße Ebene streckte. Die alte Dame nahm das Kind liebevoll bei der Hand, trocknete seine Tränen und der Postbote steckte ihm ein Briefchen zu. Dann gingen sie gemeinsam die flache Treppe entlang in das lockende und leuchtende Weiß.

* * *

Drei frische Gräber gibt es auf dem Friedhof:

Das eines Postboten, der beim Ausliefern seiner Post einen Herzinfarkt erlitt, die Grabstätte einer älteren Dame, die beim Überqueren der Straße von einer Limousine erfasst wurde und noch am Unfallort verstarb, und das reich geschmückte Grab eines Kindes, welches beim Spielen auf einem alten Fabrikgelände tödlich verunglückte.

# Der Fensterputzer

Ohne Absicherung stand der Mann auf dem Fensterbrett des obersten Stockwerkes und wischte die Scheiben, zog sie dann mit einem Scheibenwischer ab und polierte sie mit einem weichen Tuch blank. Dann schulterte er seine Utensilien und balancierte nach rechts zum nächsten Fenster. Drei Fenster waren auf jedem Stockwerk zu putzen. Nach dem dritten Fenster also kletterte er eine Etage tiefer, hielt sich an Mauervorsprüngen fest und krallte sich mit den Zehen – die Füße waren nur von dicken Socken umhüllt – am Sims fest. Ein kurzer, gekonnter Sprung und er landete auf einem Fensterbrett, packte seine Putzsachen aus und wischte.

Stockwerk für Stockwerk arbeitete er sich so nach unten und säuberte schließlich die Ladenfenster, die sich rechts und links neben dem Eingang befanden.

„Hey, Mann, das Fenster links oben, das mit den Flügeln, haben Sie schlecht gewischt! Sieht man ja von hier. Noch einmal hinauf mit Ihnen, sonst ist morgen für Sie der Erste!", rief der Hausmeister, der auf der anderen Straßenseite stand und die Arbeit des Putzers überprüfte. Sofort machte sich dieser auf und kletterte flink und gekonnt wieder hinauf, krallte sich am Sims fest und wollte die Scheiben wischen – in diesem Moment aber wurden die beiden Flügelfenster von innen geöffnet, während das innere fest eingebaut und nicht zu öffnen war. Der Fensterputzer hielt sich an einem der Rahmen fest, zückte Schwamm und Putzmittel und fuhr über das Glas. Er schwenkte den Fensterflügel hin und her und schaute, ob er so sauber wäre, dass er sich

11

darin spiegeln könnte. Oh ja, er hatte wunderbare Arbeit geleistet und betrachtete entzückt sein Spiegelbild. Nun den anderen Flügel noch, auch hier zeigte sich seine langjährige Erfahrung – er putzte so hervorragend, dass ihm sein Bild entgegenlachte ... nicht nur ihm, auch dem anderen Fenster. Mit dem Kopf zwischen beiden Fenstern verdoppelte und verdreifachte sich sein Konterfei, sein Bild wurde dabei kleiner und er immer mehr hineingezogen. Vom Doppelbild, Dreifachbild bis zur Unendlichkeit ist es nur ein kleiner Schritt, eine dünne Linie, rasch überschritten, denn nichts lockt den Menschen so sehr wie die Ewigkeit.

Putzlappen, Putzmittel, Scheibenabzieher und Lappen fielen noch herunter, mehr blieb nicht. Der Hausmeister forderte von der Behörde einige Tage später einen neuen Fensterputzer an. Schwindelfrei, versteht sich!

# Der Wandmensch

Der Flitzer des Pizza-Unternehmens hielt vor dem Haus, eine junge Frau stieg aus, balancierte geschickt eine Pappschachtel und ein Getränk in einer Einwegverpackung zur Haustür, schaute auf die Klingelschilder und läutete. Es wurde geöffnet, die Frau lief die Treppenstufen hinauf zum dritten Stock, die Eiswürfel im Softgetränk klirrten dabei. In der dritten Etage schlängelte sie sich unter einem der Malergerüste durch, warf einen Farbeimer um und klopfte an eine der beiden Wohnungstüren, beide waren ohne Namenschild.

'Der Renovierung wegen', dachte sich die Botin und klopfte noch einmal, diesmal etwas lauter.

„Da wohnt niemand", erklang es von oben, „kommen Sie doch herauf und geben Sie bei mir die Pizza ab."

„Das darf ich nicht, Vorschrift, verstehen Sie?", erwiderte die junge Frau und wandte sich der anderen Türe zu. Auch hier öffnete niemand. Ärgerlich legte sie die Bestellung auf dem Malergerüst ab, zückte ihr Handy, wählte die Nummer ihres Chefs, als sich eine der Türen weit öffnete.

„Na, endlich", murmelte sie und rief laut, „Pizza-Service!", griff die Pappschachteln und betrat die Wohnung. Völlig leer war diese mit frisch geweißten Wänden und einem weiß gekachelten Fußboden, die Zimmerdecke der Wohnung, die offensichtlich nur aus einem Zimmer bestand, war gekalkt. Die Fenster waren mit weißen Tüchern verhangen, beißender Farbgeruch lag in der Luft.

13

„Legen Sie die Pizza einfach auf den Boden", bat eine Stimme.

Die Botin blickte sich um, konnte sich aber nur an den Zimmerecken orientieren, oben und unten verschwammen in einem milchigen Nebel. Auch sehen konnte sie niemanden.

„Wo sind Sie?", fragte sie in den Raum, um ihr Geld bangend.

„In der Wand, aber geben Sie sich keine Mühe, sehen können Sie mich nicht", rief die Stimme und lachte.

Die Pizzabotin legte die Lieferung vorsichtig neben ihre Füße, dort, wo der Boden sein sollte.

„10.70 € bekomme ich!", bat sie zitternd und mit leisem Klingen fielen Münzen auf den Boden und glänzten im Weiß des Zimmers.

Die junge Frau sammelte sie auf und tastete sich zur Tür, die nur angelehnt war – ein Lichtstrahl aus dem Flur zog die Lieferantin nach draußen.

„Was haben Sie denn da drinnen gemacht?", ein Mann in grauem Hausmeister-Kittel tauchte auf und stellte die strenge Frage.

„Pizza geliefert!", war die Antwort.

„Da wohnt aber keiner", lachte der Kittelmann, wurde wieder ernst und meinte: „Sie haben in dieser Wohnung nichts zu suchen, sind unbefugt. Machen Sie, dass sie fortkommen, sonst rufe ich die Polizei!"

„Da war aber jemand", erwiderte die Botin, „man hat mit mir gesprochen, gesehen habe ich aber niemanden, ist ja völlig weiß da drinnen, wird man ja blind von."

„Da wohnt keiner und da ist auch niemand, und wenn Sie niemanden gesehen haben, dann ist das richtig, kann ja auch nicht sein. Die Wohnung steht schon lange leer und neu vermietet wurde sie bislang auch nicht. Haben Sie nicht Interesse?", der Ton des Hausmeisters wurde freundlicher.

„Ich soll in so ein Zimmer ziehen? Ohne Küche und Bad? Und mit einem Typen, der in der Wand lebt? Was stellen Sie sich vor, ich bin doch nicht blöd!", schrie die junge Frau und stürmte die Treppe hinunter und hinaus aus dem Haus. Quietschende Reifen zeugten von ihrem eiligen Davonfahren.

Der Hausmeister blieb zurück, betrat die Wohnung, in der sich der Duft von frisch gebackener Pizza mit dem der öligen Farbe vermischt hatte. Der Karton lag offen und leer auf dem Boden und die Getränke-verpackung kullerte gerade langsam, ausgetrunken und fast schwerelos in eine der Zimmerecken.

„Wo sind Sie?", rief der Hausmeister in den Raum und legte die Hand über die Augen, um sie vor dem grellen Weiß zu schützen.

„In der Wand", war die Antwort, „das wissen Sie doch!"

Immer noch die Hand vor Augen haltend stürzte der Graukittel hinaus auf den Flur, ergriff einen der Farbeimer, lief wieder in die Wohnung hinein und schüttete die Farbe mit Schwung gegen die Wand, aus der die Stimme kam.

Gurgeln und Röcheln, die Tapete wurde zerrissen, eine weiße Gestalt schälte sich aus der Wand und verschwand in die gegenüberliegende. Der Hausmeister holte einen weiteren Eimer, wiederholte seine Aktion nun an dieser Wand, auch dieses Mal ergriff der Wandmensch die Flucht und lief schlussendlich aus der Wohnung, die für ihn unbewohnbar geworden war.

Der Hausmeister besorgte mehrere Eimer mit weißer Farbe in einem Baumarkt und stellte sie den Malern hin, rieb sich zufrieden die Hände und genoss seinen Feierabend.

# Der Eingang

Rund um den Hauseingang blinkte ein rotes Licht, das sich nach den Seiten hin ausdehnte und sich in einem nebligen Schein verlor. Eine mechanische Stimme rief dazu:

„Hier kommen Sie nicht vorbei! Hier kommt niemand vorbei!"

Manche Passanten gingen eilig an dem Haus vorbei, einige blieben fragend stehen und andere, die meisten, zog es in das Haus, halb neugierig und halb nicht vorbeikommend, wie die Stimme schon angekündigt hatte.

Die Menschen stauten sich im Hausflur, von dem rechts und links Ladengeschäfte mit ihren Türen abgingen, eine weitere Tür, die zum Inneren des Hauses führte, war ausgehängt und ließ die Leute stoßweise hindurch.

Wiederum rechts und links hinter dieser Tür befanden sich weitere Eingänge der Geschäfte, rechterhand geradeaus ging es hinaus zum Hinterhof und zum Keller, linkerhand führte eine Treppe hinauf zu den Mietwohnungen.

Die Menschen drängelten sich die Stufen hinauf. Die Maler hatten nun auch in der ersten Etage ein Gerüst aufgebaut, geöffnete Farbeimer standen herum und verströmten ihren beißenden Geruch. Fast wäre das Gerüst eingestürzt, als sich einige hochgewachsene Männer hindurchschlängelten.

Von unten tönte die scheppernde Stimme unaufhörlich:

„Hier kommen Sie nicht vorbei! Hier kommt niemand vorbei!", und unaufhörlich stiegen die Menschen die Stufen hinauf, weiter bis zum zweiten Stock, vorbei an Malergerüsten und Farbtöpfen, die auch hier standen, landeten im dritten Stock, hielten sich Taschentücher vor die Nasen und wischten sich die tränenden Augen. Nun konnte man von oben eine blecherne Aufforderung hören, die sich mit der vom Hausflur vermischte:

„Kommen Sie nach oben! Und weiter hinauf bitte! Hier kommen Sie nicht vorbei!"

Panisch drängelten sich die Leute auf der Treppe zum nächsten Stockwerk, einige wollten hinauf und einige voller Angst wieder hinunter. Die Furcht nahm Überhand und im Sog der Hinabstürzenden schob sich die Menschenmenge wieder hinab in den Hausflur. Irgendjemand schlug die Richtung zum Keller ein, der bald allen als rettende Zuflucht erschien. Hinter ihnen schlug die Türe zu, die sich nicht mehr öffnen ließ.

Tage und Wochen vergingen, die Menschen harrten in dem dunklen Loch aus, hungrig, verwirrt und desorientiert und vergeblich nach einem Ausgang suchend. Die Praktischen zapften eine Wasserleitung an und suchten nach gelagerten Lebensmitteln. Gefunden wurden alte, keimende Kartoffeln. Einige Männer schlugen ein Loch in den Steinboden und pflanzten die Erdäpfel in die darunter liegende Erde ein.

Überlebten sie oder gab es eine Rettung? Wohl kaum und wenn sie sich nicht selber aufgefressen haben, liegen ihre Überreste noch heute dort.

# Das Dach

Die Haustür schlug immer wieder zu. Morgens stellte der Hausmeister sie auf, damit die Geschäftsleute und die Kunden in das Haus hinein- und hinausgehen konnten, aber sie ging immer wieder zu.

‚Irgendwo zieht es hier', dachte er bei sich, ‚da wird sicher das Dach undicht sein', und schaute vom Treppenhaus aus nach oben. Der Dachstuhl lag, wie gewöhnlich, in einem Nebel und war nicht zu erkennen. Der Hausmeister beschloss, Dachdecker zu bestellen, die einmal nachsehen sollten. Die kamen auch und brachten einen Vermesser mit. Der stellte sich ebenfalls in den Hausflur, schaute nach oben und vermaß. Der Graukittel ging während der Zeit zum Mittagessen und sah beim Wiederkommen nur noch das Messgerät, umgefallen, zerbrochen, vom Vermesser aber keine Spur. Er versuchte, dessen Büro anzurufen, aber auch hier keine Reaktion, keine Antwort, kein Lebenszeichen.

Der Hausmeister bestellte einen neuen Vermesser. Das gleiche Spiel, auch dieser verschwand spurlos. Der Hausmeister griff zu einem Trick und blieb beim dritten Vermessen dabei, beobachtete den Arbeitenden genau. Dieser schaute durch sein Rohr nach oben, vermaß, wurde blass, stürzte davon, nicht ohne in der Hektik sein Arbeitsgerät umzuwerfen. Neugierig baute der Hausmeister das Rohr wieder auf, schaute seinerseits hindurch, erkannte nichts, verstand nichts, zuckte mit den Schulten und entsorgte sämtliche Geräte in der Abfalltonne, die vor dem Haus stand. Ein Passant schaute ihm dabei zu:

„Was machen Sie denn da? Die Geräte sehen doch noch ganz neu aus. Eine Schande ist das!"

„Sie sind kaputt, man kann nichts mehr erkennen und sie messen wohl auch nicht richtig. Jedenfalls haben die Vermesser sie liegenlassen", verteidigte sich der Hausmeister.

„Lassen Sie mich einmal sehen", bat der Mann und klaubte die Messapparate wieder aus dem Mülleimer, „ich bin zwar kein Fachmann, aber Physiker."

„Das soll was nützen, ein Physiker auch noch", murmelte der Hausmeister, „die Vermesser haben ja nicht umsonst das Weite gesucht."

„Wie meinen?", fragte der Naturwissenschaftler, ohne sich wirklich für das Gemurmel des Graukittels zu interessieren, schraubte die Geräte wieder zusammen und sah in den Himmel.

„Nicht hier draußen, drinnen, den Dachstuhl sollten sie vermessen – wenn Sie es denn können", schimpfte der Hausmeister.

Also wurden die Geräte wieder im Hausflur aufgebaut, der Physiker vermaß das Treppenhaus und den Dachstuhl gründlich und sagte dann sehr ruhig:

„Mir ist klar, warum die Vermesser geflohen sind. Schauen Sie einmal hier hinein!"

Der Hausmeister schüttelte den Kopf: „Davon verstehe ich doch nichts. Nun sagen Sie schon, was los ist, ich habe nicht ewig Zeit."

„Ja, mit der Ewigkeit hat es zu tun, denn in der werden Sie bald sein, wenn Sie sich nicht auf die Socken machen", antwortete der Physiker und schaute in das fragende Gesicht des Handwerkers, „und ich auch. Sehen Sie, die Winkelsumme in einem Dreieck beträgt immer 180°."

„Mag sein", knurrte der Hausmeister und versuchte sich vergeblich an den Mathematikunterricht seiner Schulzeit zu erinnern, „und was hat das mit dem Dachstuhl zu tun?"

„Wenn man den Dachstuhl und das Treppenhaus vermisst, ergibt die Winkelsumme aber immer 173°, also weniger als 180°."

„Das bedeutet? Ich meine, auf die paar Grad kommt es doch nicht an, Hauptsache das Dach wird dicht und es zieht hier nicht mehr", warf der Hausmeister ein.

„So kann man es, so sollte man es aber nicht sehen. Wenn die Winkelsumme in einem System weniger als 180° beträgt", belehrte der Studierte sein gelangweiltes Gegenüber, „dann befindet man sich in einem auseinander fliegendem System. Wäre die Winkelsummer größer, dann wären wir hier in einem geschlossen System, welches in sich zusammenfallen würde. Was wäre Ihnen lieber?", und lächelte freundlich.

„Auseinander? Fliegen? Wohin?", fragte der Hausmeister, etwas blass geworden.

„Irgendwohin, ist ja egal, überleben wird man es wohl nicht", war die Antwort.

„Und wann wird das passieren?"

„Unbestimmt, in ein paar Minuten oder ein paar Jahrzehnten. Wie alt ist denn das Haus?"

„65 Jahre alt, glaube ich, oder 70", grübelte der Hausmeister, rannte dann davon, so schnell er konnte, und warf dabei die Messgeräte um.

Angstfrei und fröhlich packte der Physiker die Geräte und trug sie zu sich nach Hause.

Das Haus stand am nächsten Tag immer noch, auch am übernächsten. Ewig konnte der Hausmeister seiner Arbeit nicht fern bleiben, die Direktion mahnte schon. Was blieb ihm übrig ... er nahm seine Arbeit wieder auf, horchte aber auf jedes Knacken und glaubte häufig, ein Beben unter seinen Füßen zu spüren, aber das ist wohl eine andere Geschichte ...

# Die Dachdecker

Dachdecker sind Handwerker, die es gewöhnt sind, so zu arbeiten, wie sie es für richtig halten. Sie lassen sich von niemandem etwas sagen. Wer sollte es auch? Wer kann sie kontrollieren hoch oben auf dem Dach? Wer könnte sie kritisieren – und so winkten sie ab, als der Hausmeister sie warnte:

„Es ist gefährlich mit dem Dach, im Grunde weiß man gar nicht, wo es ist und wo es anfängt und aufhört – man sieht es nicht richtig, dieser dunkle Nebel da oben, verstehen Sie?"

Sie antworteten: „Lassen Sie mal, das machen wir schon", stiegen zunächst durchs Treppenhaus hinauf, später über Gerüste, die draußen vor und hinter dem Haus aufgebaut wurden, und es war ein Hämmern und Klopfen zu hören. Ab und zu hörte man: „Vorsicht! Aus dem Weg!", und dann fiel etwas von oben herunter.

Man hörte ein Rasseln, wohl von einem Wägelchen mit Dachziegeln, das hinauf gezogen wurde – mehrere Tage ging das so ... allerdings auch mehrere Nächte.

„Warum arbeiten Sie in Nachtschicht?", fragte der Hausmeister, erhielt aber nur die Antwort: „Lassen Sie mal, das machen wir schon!"

„Ja, aber ich meine, nachts können Sie doch gar nichts sehen, Sie haben doch gar kein Licht dort oben. Wenn nun etwas passiert?"

„Tagsüber können wir doch auch nichts sehen", sagte der älteste der Dachdecker, „da oben liegt ja

23

alles in einem Nebel, aber nicht in einem weißen, das brauchen Sie nicht zu denken."

„Und was denken Sie?", wollte der Hausmeister wissen.

„Lassen Sie mal, das machen wir schon", ach ja, diese Antwort kannte er.

Die Dachdecker setzen ihre Arbeit fort. Es vergingen Tage und Wochen. Nach zwei Monaten wurde es dem Hausmeister zu bunt und er stieg in seiner Frühstückspause hinauf in Richtung Dach, vorbei an den Malergerüsten und den Farbeimern, in denen die Farbe schon fast eingetrocknet war. Er beugte sich über das Treppengeländer und schaute nach oben, sah Leitern, die sich aber in dem dunklen Nebel verloren.

„Hallo! Hallo!", rief er nach oben.

„Ja, was ist denn?", tönte es zurück.

„Wie lange dauert es denn noch?", fragte der Graukittel.

„Machen Sie sich mal keine Gedanken und keine Sorgen, wir kriegen das schon hin", hörte er als Antwort.

„Wann sind Sie denn fertig?", forderte er genauere Auskunft.

„Das können wir noch nicht sagen, man sieht ja hier so schlecht. Außerdem machen wir jetzt erst einmal Urlaub", rief einer der Handwerker ins Treppenhaus.

„Aha, dann kommen Sie also jetzt runter?", fragte der Hausmeister.

„Nein, nein, wir bleiben hier oben."

„Aber das ist doch Unsinn!", beschwerte sich der Fragende, „Sie können doch nicht auf dem Dach Urlaub machen!"

„Doch, doch, ist schon alles geplant", riefen die Männer von oben mit einer Stimme.

Kopfschüttelnd stieg der Hausmeister die Treppenstufen hinunter, ging in sein Büro und rief die Polizei. Ein Streifenwagen mit zwei Polizisten kam angebraust, die Beamten wurden ins Treppenhaus geschickt, erklommen die Stufen bis zum Dach, suchten die Dachdecker, fanden niemanden, eine weitere Treppe erschien im dichten Nebel. Sie stiegen darauf weiter nach oben, die Treppe senkte sich unter ihren Schritten nach unten, wurde flach, der Nebel durchlässig, verschluckte die Uniformierten und schloss sich hinter ihnen.

Der entsetzte Hausmeister las am nächsten Tag in seinem Tageblatt:

Zwei Polizisten stürzten bei einem Einsatz mit ihrem Dienstwagen eine Böschung hinunter. Der Wagen überschlug sich, die Beamten wurden hinausgeschleudert und 100 Meter weit entfernt tot aufgefunden.

Nach den Dachdeckern mochte niemand mehr suchen ...

# Zeit, Zeiten

„Autsch!", schimpfte der Hausmeister, nachdem er sich an einem der Malergerüste in der dritten Etage gestoßen hatte, und hielt sich das schmerzende Knie. Ein Besucher des Hauses versuchte, sich an ihm vorbei zu zwängen.

„Wohin wollen Sie denn?", fragte ihn der Hausmeister brummend. „Da oben wohnt niemand", betastete sein Knie, drehte sich humpelnd um und stieß sich erneut an einem der herumstehenden Farbeimer, der rumpelnd umfiel. Die schon fast eingetrocknete Farbe ergoss sich langsam auf den Boden.

„Ach du liebe Zeit!", meckerte der Ungeschickte und sah sich nach einem Lappen zum Aufwischen um.

Der Besucher tat das Richtige und hob den Eimer auf, sah den Hausmeister prüfend an und meinte: „Zeit? Zeit ist relativ!"

„Ach, ja, für Einstein", beschwerte sich sein Gegenüber, „aber nicht für unsereins. Wir müssen arbeiten und ich habe so viel zu tun hier mit dem Haus, dass der Tag nicht genug Stunden für mich hat."

„Sie meinen, die Zeit vergeht für Sie zu schnell?", fragte der Mann.

„Das kann man wohl sagen", antwortete der Hausmeister und schaute zur Bestätigung auf seine Armbanduhr.

„Na, dann wären Sie ein Fall für den Planeten Atikur im Sonnensystem Mauritz des Sternbildes Wasserrose, dort vergeht die Zeit sehr langsam."

„Was soll das heißen? In Zeitlupe?", fragte der Graukittel.

„Ja, so in etwa. Wenn Sie an einem Wasserfall stehen, dann sehen Sie das Wasser ganz langsam herunterplätschern, und auch hier diese Farbe wäre nur äußerst langsam aus dem Eimer gelaufen", war die Antwort des Mannes, der nun zu dem Malergerüst ging und daran wackelte.

„Hey, lassen Sie das! Ich habe schon genug Ärger, vor allen Dingen mit den Malern. Die sind nie zu sehen und ewig stehen die Gerüste auf den Etagen."

„Vielleicht kommen die ja von Atikur", lachte der Mann, „und haben daher eine andere Zeit. Vielleicht arbeiten sie recht fleißig, nur Sie können es nicht sehen, weil Ihre Zeit viel schneller vergeht."

„So einen Unsinn habe ich schon lange nicht mehr gehört."

„Nein, kein Unsinn. Die Zeit hängt von der Geschwindigkeit ab, und wenn sich ein System schneller bewegt als andere, fließt dort die Zeit langsamer. Der Planet Atikur rast nur so um seinen Stern, der sich wiederum in einer rasenden und flitzendem Galaxie befindet."

„Das möchte ich sehen", murmelte der Hausmeister.

„Das aber können Sie nicht. Je näher Sie dem System kommen, umso mehr werden Sie hinein gezogen und übernehmen dessen Zeit."

„Unheimlich", der Hausmeister schüttelte sich, „aber ich habe jetzt wirklich keine Zeit mehr für diese seltsamen Gespräche, habe zu tun, muss endlich die Maler finden."

„Vielleicht können Sie die gar nicht finden, vergessen Sie Atikur nicht!", mahnte der Mann lachend, lief dann aber rasch die Treppe hinunter, nachdem der Hausmeister eine drohende Geste in seine Richtung gemacht hatte.

„Atikur, langsame Zeit, so ein Blödsinn", schimpfte dieser, rückte das Malergerüst zurecht, stellt den Farbeimer näher an eine Wand, damit er etwas sicherer stand, und schaute dann auf allen Etagen nach den Malern. Im obersten Stockwerk stand eine Wohnungstür auf, er ging hinein und sah einen Maler bewegungslos, aber im Gehen begriffen, einen Farbeimer in der einen und einen Pinsel in der anderen Hand. Der Eimer, im Schwung der erstarrten Bewegung seitlich geneigt, verlor gerade ein paar Tropfen der weißen Farbe. Sie hingen regungslos in der Luft. Der Hausmeister wurde blass, lief aus der Wohnung hinunter auf die Straße, wollte um Hilfe rufen, konnte nicht sprechen, sah den Mann von soeben auf der anderen Straßenseite, winkte und fuchtelte mit den Armen. Der Mann wurde aufmerksam, schaute erst nach rechts und dann nach links, überquerte dann den belebten Fahrweg und fragte:

„Was ist denn los? Sie sehen ja aus, als hätten Sie ein Gespenst gesehen!"

Der Hausmeister nickte, rang nach Atemluft und Worten:

„Ja, ja, hab ich auch. Oben, in der Wohnung, da steht ein Maler ganz starr und die Farbe, die Farbe aus dem Eimer ..."

„Was ist mit der Farbe? Mann, so reden Sie doch!" forderte der Mann.

„Die Farbe, sie fällt nicht auf den Boden. Sie hängt in der Luft!" Schwächeanfall, der Hausmeister sank auf den Boden. Der Mann stützte ihn und zog ihn in den Hausflur.

„Atikur, der Maler kommt bestimmt von Atikur", flüsterte der Hausmeister.

„Atikur gibt es doch gar nicht, auch nicht das Sonnensystem und schon gar nicht das Sternbild Wasserrose", erklärte der Mann, auch etwas blass geworden, „das war doch nur ein Beispiel. Ich wollte die Zeitdilatation erklären. Hätte ich wohl besser nicht gemacht."

Der Hausmeister erholte sich und zog den Mann mit nach oben in das besagte Stockwerk. Er öffnete langsam die Tür zu der Wohnung, Farbgeruch und das Geräusch eines mit Farbe gesättigten Pinsels, der über eine Fläche strich, kam ihnen entgegen. Ein Maler ging seiner Arbeit nach, nickte kurz den Eintretenden zu, pfiff einen Schlager, und pinselte ...

„Weiter so!", ordnete der Graukittel heiser an und verließ, sich an der Wand entlang tastend, die Wohnung.

# Farbe aus Wand – oder so …

Freitagabend, der Hausmeister drehte noch eine letzte Runde und stieg die Treppe hinauf, stieß an die Malergerüste und Farbeimer, darin getrocknete Farbe, ohne dass je ein Pinselstrich davon an eine der Wände gelangt wäre.

Er schüttelte den Kopf und schaute mit gekrauster Stirn die abgebröckelte, alte Farbe der Wände an. Da, ein roter Fleck, sah frisch aus – und hier noch einer.

„Diese Bengel!", schimpfte er laut und meinte die Kinder, die im Haus lebten. „Sicher Himbeereis oder Ketchup von ihren Pommes. Nun, ja, wird ja noch drüber gestrichen, also halb so schlimm, aber trotzdem, scheint sicher durch …", und versuchte mit dem Kittelärmel einen der Flecke zu entfernen. Doch das Rote blieb zwar an dem Stoff hängen, wurde aber auf der Wand nicht blasser, im Gegenteil, färbte sich noch intensiver und breitete sich weiter aus. Entschlossen ergriff der Hausmeister den Stiel eines Pinsels, stocherte damit in einem Farbeimer herum, löste das Eingetrocknete, drehte den Pinsel um, tauchte ihn ein und fuhr mit breitem Strich über den roten Fleck. Keine Chance, er schimmerte durch, wie vorausgesehen. Nachdenklich stand der Hausmeister davor und betrachtete ihn. Da löste sich Rotes aus dem Fleck und tropfte langsam die Wand hinunter. Wieder wischte der Graukittel mit dem Ärmel seiner Berufskleidung über die Stelle, doch es tropfte immer mehr rote Farbe aus der Wand. Auch aus den anderen Flecken löste sich Rotes und begann seinen Weg Richtung Boden.

Irgendwo lag ein Lappen herum. Der Hausmeister ergriff ihn und rubbelte wütend an den Farbflecken herum. Die roten Stellen gaben unter dem Druck seiner kräftigen Hände leicht nach. Erschrocken hielt er ein und drückte mit dem Ellenbogen gegen die Wand. Sie stand fest. Er drückte mit der flachen Hand und zog sie erschrocken zurück, denn die Wand fühlte sich sehr warm an.

‚Eine chemische Reaktion?', überlegte er und runzelte die Stirn. ‚Warum wird etwas warm? Oder war ich das? Bin ich schuld?'

Schweißtropfen bildeten sich auf seiner Stirn, kullerten herunter und vermischten sich mit der roten Farbe, die inzwischen bis zum Boden gelangt war.

„Ach, sollen die Maler doch endlich ...", versuchte er zu rufen, kam aber in seinem Satz nicht weiter, denn die Worte blieben in ihm stecken, als er die Wand nun pulsieren sah, rhythmisch, leicht und im Takt seines eigenen Herzens. Das schlug nun heftiger und schneller wurde auch das Pulsieren der Wand, gleichzeitig tropfte noch mehr der roten Farbe aus den Flecken.

Der Hausmeister wich zurück und stürzte die Treppe hinunter, lief auf die Straße und brach zusammen.

„Was ist denn los?", fragten ihn Passanten und kümmerten sich um ihn.

„Ich glaube", stammelte er und atmete heftig unter seiner Tachykardie, „ich glaube, die Wand dort oben im Haus, sie lebt!"

Man brachte ihn ins Krankenhaus, dort wurde seine Herzgeschichte behandelt und nach zwei Wochen wurde er entlassen.

„Passen Sie aber auf Ihr Herz auf!", mahnten die Kardiologen. „Keine Aufregungen, bitte."

Gehorsam mied er mehrere Wochen das Treppenhaus und hielt sich nur im Flur und im Keller auf, aber Job ist Job und was sein musste, musste sein: Der Gang durchs Treppenhaus. Hier waren die Maler in der Zwischenzeit tätig gewesen und die Wände strahlten allesamt im reinsten Weiß. Nur eine Wand, die besagte, die furchtbare, schimmerte leicht, aber wirklich nur ganz leicht rosa ... und auch nur, wenn die Sonne schräg durch das Etagenfenster schien.

# Offen

Bogendach, Flachdach, Satteldach, Tonnendach, schöne Dächer allesamt, wunderbare Hausbegrenzungen, doch kein Dach konnte sich so elegant nach oben öffnen wie das Walmdach unseres Hauses. Die beiden größeren geneigten Dachflächen, ausgehend von Front- und Rückseite des Hauses, und die beiden kleineren an den Seitenwänden stellten sich langsam und mit leisem Knarren aufrecht und gaben den Weg nach oben frei.

Das so geöffnete Dach vermochte Entfernungen bis auf Null zu verringern, aufzulösen und als kleine weiße Körner auf die Straße rieseln zu lassen. Auf dem Boden zerplatzten sie und bildeten einen Schmierfilm, auf dem leicht auszurutschen war. Der Hausmeister holte an besonders offenen Tagen Besen und Schneeschieber und versuchte so, den Gehweg frei zu räumen.

Leider muss man sagen, denn die Körner hatte die Eigenschaft, Distanzen zu überwinden, man musste sie nur aufsammeln und in die Tasche stecken, sofort wurde man schwerelos und war mit einem Fingerschnippen auf den Bahamas oder, wohin man gerade wollte. Ja, es wusste nur keiner der vorbei eilenden Passanten, auch der Hausmeister hatte keine Ahnung ... doch die sollte er bald bekommen. So ist das eben, wenn man nicht sorgfältig genug arbeitet und sich nicht sorgsam die Schuhe abtritt:

Montagabend, ein offener Abend. Das Dach des Hauses schob sich sehr langsam auseinander, die Seitenwände stellten sich aufrecht und gaben den Blick auf die frühe Nacht und die Sterne frei. Die Entfernung zu ihnen schrumpfte und löste sich diesmal als weißes Pulver auf, welches auf den Bürgersteig der Straße rieselte. Seufzend holte der Hausmeister den Besen und fegte den weißen Belag zur Seite – nur zu Seite, er nahm nicht die Kehrschaufel zur Hand, sondern fegte das Pulver an die Hauswand und trat es mit seinen schweren Arbeitsschuhen fest. Morgen war ja schließlich auch noch ein Tag, nicht wahr? Arbeitsschuhe haben eine dicke profilierte Sicherheitssohle und darin sammelt sich gerne Schmutz und Dreck. Weißes Pulver auch? Ja, sicher, es haftet in den Rillen und an den Rändern.

Der Hausmeister ging nach getaner Arbeit ins Haus, verschmähte die Fußmatte, dachte an sein Zuhause und war – schwupps – auch schon da, stand mitten in der Küche, wo seine Frau gerade am Herd stand und in einem Topf rührte. Entsetzte ließ sie den Löffel fallen und sank bewusstlos zu Boden.

‚Ein Arzt!', dachte der Hausmeister und wollte den Hausarzt anrufen, doch bevor er noch zum Telefon gehen konnte, stand er schon in der Praxis an der Rezeption.

„Meine Frau", stammelte er, sah sie im Geiste auf dem Küchenboden liegen und war auch schon – schwupps – wieder zurück in seiner Küche. Nun schwanden ihm ebenfalls die Sinne – es ging ja auch alles ziemlich schnell – fasste sich an die Stirn und sank zu Boden.

Der Rettungsdienst brachte beide in die Klinik, wo sie Krankenhauskleidung bekamen. Die Schuhe wurden in den Schrank des Krankenzimmers gestellt – und dort vergessen.

Das Dach des Hauses öffnete sich weiter in klaren Nächten, zerbröselte dabei immer wieder die Distanzen zu den Sternen und darüber hinaus und niemand, wirklich niemand, hat es gemerkt …

# Der Besucher

Der Mann betrat das Haus mit eiligen Schritten, ein Päckchen unter dem linken Arm, schaute auf die Armbanduhr und fragte den Hausmeister nach Herrn Y.

„Dritte Etage, links", war die Antwort.

„Danke", der Mann eilte die Treppe hinauf, nahm jeweils zwei Stufen auf einmal und stand dann im dritten Stockwerk vor einer Tür, links, wie angegeben. Kein Namensschild, keine Klingel, aber ein Türknopf und ein ‚hier drücken' auf einer Pappe mit Hand geschrieben darunter. Der Besucher drückte und es eröffnete sich ihm ein langer Flur, nach rechts offen, darunter ein Garagenhof mit einem Standort für Mülleimer.

„Das gibt es doch nicht!", rief er.

„Was gibt es nicht?", fragte der Hausmeister, der die Haustreppe fegte und gerade im dritten Stock angekommen war.

„Dieser Flur, er ist doch viel zu lang. Das Haus hier hat doch keinen Anbau, den hätte ich doch von draußen gesehen! Oder?"

„Ja", bestätigte der Graukittel und fegte den Schmutz zusammen.

„Ich meine, das hier ist doch ein ganz normales Mehrfamilienhaus, kastenförmig und nicht sonderlich groß."

Der Hausmeister nickte.

„Und woher dann dieser Flur? Wie lang ist der?"

„25 Meter, ungefähr."

„25 Meter?"

„Probieren Sie es aus, gehen Sie nur", forderte der Hausmeister.

Der Besucher setzte einen Fuß auf den Flur, zog ihn aber zurück:

„Vielleicht nur Spiegel, alles nur Spiegel und ich stürze wie aus einem Fenster in die Tiefe", murmelte er.

„Keine Spiegel, alles echt", meinte der Hausmeister, zog ein Spielzeugauto aus der Tasche, drehte an dem kleinen Motor und der kleine Wagen sauste den langen Flur entlang.

„Sehen Sie? Alles echt."

„Aber", brummte der Besucher, drehte sich um und lief die Treppe hinunter, hinaus auf die Straße und sah sich das Haus von außen an, stürmte wieder hinauf und keuchte: „Das Haus hat auf der linken Seite keinen Anbau, da kann also kein Flur sein."

„Und doch ist er da", der Hausmeister spitzte die Lippen und pfiff ein Liedchen.

„Es kann von innen nicht größer sein, als es insgesamt ist, Physik, verstehen Sie?", versuchte der Besucher seine Welt wieder in Ordnung zu bringen.

„Hier halt nicht!", war die Antwort.

„Sie meinen, die Physik, die überall gilt, im Weltall sowie hier auf der Erde, gilt in diesem Haus nicht?"

„Gehen Sie nur den Flur entlang!"

„Ich denke nicht daran", schrie der Mann, ging aber dann in die Knie und kroch Zentimeter für Zentimeter den Flur entlang. Am Ende angekommen, stand er auf, taumelte und schlug der Länge nach hin.

„Ja, ja, das Herz", brummte der Hausmeister, „man muss vorsichtig sein, wenn man nicht mehr so jung ist ...", dann fegte er weiter und am Ende des Flures setzte er den Besen sehr ordentlich und akkurat um den Besucher herum.

# Der Diamantenweg

## oder

## Druck ist Druck

„Fegen Sie mal hier, meine Güte, ist das ein Dreck!"

„Wo wohnt Frau Halbmaster?"

„In welchem Stock muss das Fenster ausgewechselt werden?"

„Wann kommt in dieser Woche die Müllabfuhr?"

„Ist im Keller noch ein Stellplatz für mein Fahrrad frei?"

Tausend Fragen wurden an ihn gestellt, hundert Dinge waren zu tun: Telefonate mit der Hausverwaltung, Bestellungen beim Putzmittelgroßhandel aufgeben, Wünsche der Bewohner aufnehmen (und weitergeben!), Kritiken notieren und natürlich fegen, fegen, fegen.

Der Hausmeister hatte wirklich keinen leichten Job, so wurde sein Rücken krumm und der Druck, der auf ihm lastete, zerrte an seinen Nerven. Nie hatte er Ruhe, sogar nachts klingelten ihn Bewohner, die ihren Hausschlüssel vergessen hatten, aus dem Schlaf. Der Hausverwalter wollte ebenfalls in der Nacht seine E-Mails mit den Anweisungen beantwortet haben. Kurz: Der Hausmeister brach zusammen – aber niemand bemerkte es, denn er benahm sich so wie immer.

Wie immer? Nicht ganz!

An einem Tag fegte er den Bürgersteig vor dem Haus und da blinkte und blitzte etwas auf dem Gehweg. Der Weg vor dem Haus war vor vielen Jahren mit quadratischen Steinplatten versetzt worden und in einer dieser Platten funkelte es nun. Er beugte sich hinunter, wollte es fassen, doch es war fest in der Steinplatte.

„Wie Diamanten!", flüsterte der Hausmeister und kniete ehrfürchtig davor. „Diamanten?", fragte ein Passant und kniete sich neben ihn. „Sie haben doch nicht etwa welche verloren, oder doch?"

„Nein, hier sind welche im Boden. Sehen Sie nicht?", fragte der Graukittel zurück und wies genau auf die Stelle, die glitzerte.

„Ja, tatsächlich! Das könnten Diamanten sein", rief der Passant begeistert, aber der Hausmeister legte rasch den Finger auf den Mund, zum Zeichen, dass er leise sprechen solle: „Vorsicht! Feind hört mit!"

Der Mann nickte und flüsterte: „Was sollen wir tun?"

„Die Steinplatte ausbuddeln", meinte der Hausmeister, „aber erst, wenn es dunkel ist. Am besten heute Nacht um ein Uhr." Der Passant nickte, stand auf und ging seiner Wege. Der Hausmeister fegte weiter, pfiff dabei ein Lied und schaute sich immer wieder vorsichtig nach allen Seiten um. Nein, niemand hatte etwas bemerkt oder sah die Edelsteine im Boden. Gut so!

Den Tag und den Abend verbrachte er in Anspannung und Aufregung. Endlich war es kurz vor ein Uhr in der Nacht. Er schlich hinaus auf die Straße.

Da wartete schon sein Mitstreiter. „Wir sehen aber doch gar nichts", meinte der, „es ist ja stockdunkel!"

„Das ist doch kein Problem", flüsterte der Hausmeister und wies auf den Boden, „die Diamanten sind so hell, dass sie uns leuchten."

Und wirklich, der Boden war übersät mit leuchtenden, funkelnden Partikeln, und wenn man sich hinunterbeugte, sah man erbsengroße, blitzende Diamanten in den Steinplatten.

„Meine Güte, es sind ja noch viel mehr geworden", hauchte der Kumpel und versuchte, sie mit seinen Fingernägeln herauszukratzen. Nein, so ging es nicht.

„Wir müssen die ganzen Platten herausheben und dann einschmelzen. Nur so kommen wir an die Edelsteine!", ordnete der Hausmeister an. „Ich habe zwei Spaten, Spitzhacken und eine Schubkarre im Keller bereitgestellt. Holen wir sie herauf und fangen wir an!"

Die Männer holten das Werkzeug und fingen an, die Steinplatten aus dem Boden herauszulösen, zunächst mit den Spitzhacken und dann mit den Spaten. Eine Platte nach der anderen wanderte in die Schubkarre, die bald voll und sehr schwer zu schieben war. Schweiß rann ihnen von der Stirn, sie zogen ihre Hemden aus und arbeiteten – wie Straßenarbeiter – mit nacktem Oberkörper. Sie lösten alle Platten aus und fuhren sie mit der Karre auf ein wildes Grundstück, das zwei Straßen weiter lag. Hier stapelten sie die Platten und legten aufgeschnittene Säcke darüber, denn es brauchte ja nicht jeder sofort zu sehen, was hier passierte.

Der Morgen dämmerte, die Arbeit war getan und sie gingen nach Hause. In der nächsten Nacht wollten sie dann die Steine einschmelzen, um an die Diamanten zu gelangen.

Der Tag verlief zäh. Der Hausmeister, sehr müde, fegte mit halbgeschlossenen Augen und schlief ab und zu, auf den Besen gestützt, ein. Am Nachmittag schloss er kurzerhand sein Kellerbüro ab und legte sich auf seine Pritsche. Der Wecker, auf ein Uhr gestellt, holte ihn aus tiefem Schlaf. Egal, der Plan sollte ja gelingen. Rasch stand er auf und lief zu dem wilden Grundstück. Sein Kumpel wartete schon und machte sich an einem steinernen Grill zu schaffen, den er mitgebracht und zu einem Hochofen umfunktionieren hatte. Bald loderte das Feuer und sie warfen die Steinplatten hinein. Rußverschmutzt ihre Gesichter, gierig und freudig erregt ihre Augen. Bald würden sie reich sein! Steinreich! Und ihr Vorhaben gelang: Aus dem Ofen kullerten die schönsten und prächtigsten Diamanten, die man je gesehen hatte. Jubelnd bewarfen sie sich mit dem edlen Gestein und stopften sich die Hosentaschen voll.

Am nächsten Morgen passierte zweierlei: Zuerst warf der Juwelier dem Hausmeister die vermeintlichen Edelsteine an den Kopf und rief: „Das ist Glas, wollen Sie mich hochnehmen?", und dann tobte der Hausverwalter, als er den Gehweg sah: „Sind Sie denn noch zu retten? Wo sind die Platten? Was haben Sie mit ihnen gemacht?"

Richtig ahnte er, dass der Hausmeister an dem Fehlen der Steinplatten beteiligt war.

„Aber da waren doch Diamanten drin", stotterte der Graukittel.

„Blödsinn! Diamanten entstehen nur unter sehr hohem Druck. Wie sollen die denn in die Steine gekommen sein?", brüllte der Verwalter.

„Sind letztens Kohlen geliefert worden und ist Kohlenstaub auf den Gehweg gefallen und das nicht zu knapp? Hat einer von Ihnen unter hohem Druck gestanden?", fragte ein Passant und gesellte sich zu ihnen. Beide Männer nickten. „Nun, dann ist doch klar, was passiert ist. Kohlenstaub und Druck, daraus werden Diamanten."

„Aber es war doch kein mechanischer Druck sondern Arbeitsdruck, psychischer Druck", warf der Hausmeister ein.

„Druck ist Druck!", schwächte der Passant den Einwand ab, grüßte und ging seines Weges.

Die beiden Männer nahmen die Glassteine in die Hand und betrachteten sie von allen Seiten.

„Vielleicht werden ja doch noch Diamanten daraus ...", meinte der Hausmeister, aber um das herauszufinden, blieb ihm keine Zeit mehr, denn er musste die Steinplatten wieder herbeischaffen und auf dem Bürgersteig fein und säuberlich verlegen.

Danach hatte er keinen Sinn mehr für Steine, mochten sie edel sein oder nicht ...

# Das leere Haus

## oder

## Die menschliche Schwäche

Mittag! Pause! Im schräg gegenüberliegenden Haus war ein Imbiss. Der Hausmeister ging hinüber und wählte aus der Speisekarte sein Lieblingsmenü, setzte sich mit dem Teller und einer Tasse Kaffee auf einen Platz am Fenster, speiste gemütlich und hatte dabei das Haus doch fest im Blick. Er schob sich gerade ein weiteres Pommes-frites-Stäbchen in den Mund, als zwei große Lastwagen mit der schwungvollen Aufschrift „Umzüge Kraftmeier" vorfuhren und direkt vor dem Haus hielten. Mit gerecktem Hals sah er Möbelpacker, bestimmt sechs an der Zahl, einige mit Lederschürzen, in das Haus gehen und mit Regalen, Schränken und Verkaufstheken wieder herauskommen. Die Ladenfenster waren mit weißen Laken verhängt, darauf stand: Wir sind bald mit neuer Dekoration für Sie da!

Neue Einrichtungen für die Läden? Niemand hatten ihm etwas gesagt. Nun, die Geschäfte müssten jetzt ausgeräumt sein, doch die Männer luden immer weiter ein: Wohnzimmerschränke, Couchgarnituren, Esszimmertische, Stühle, kurz private Wohnungsgegenstände und Möbel. In rascher Folge trugen sie wohl das gesamte Inventar des Hauses hinaus. Der Hausmeister ließ sein Mittagessen im Stich, rannte aus der Imbissstube, überquerte halsbrecherisch die viel befahrene Straße und rief: „Halt! Was machen Sie denn da?"

Unbeeindruckt und wortlos beluden die Packer die LKWs weiter. Der Graukittel stürmte in das Haus, die Türen zu den Geschäften rechts und links standen offen, die Läden waren leer. Er lief die Treppe hinauf, Möbelpacker kamen ihm entgegen, drängten ihn gegen das Geländer, dass es ihm den Atem nahm. Sie transportierten kleine Gegenstände und Menschen! Die gesamten Bewohner des Hauses wurden hinausgetragen, widerspruchslos, willenlos. Der Hausmeister versuchte, die Transporteure anzuhalten, hielt sie an den Ärmeln fest, sprach und schrie auf sie ein. Sie machten sich los und erledigten ihre Arbeit in gleichmäßigem Takt weiter und zu Ende. Kurz darauf schlossen sie die Türen der Lastwagen und brausten davon.

Der Hausmeister lief durch das Haus, die Wohnungstüren standen offen, sämtliche Wohnungen waren ausgeräumt und leer. Der Keller! Sein Kellerbüro! Vielleicht hatten die Packer ... ja, sie hatten es übersehen. Er hetzte hinein, verriegelte vorsichtshalber die Tür und hängte sich ans Telefon:

Polizei

„Damit haben wir nichts zu tun. Umzüge sind rechtlich nicht geregelt."

Feuerwehr

„Brennt es? Nicht! Nun, dann ist es ja gut. Schönen Tag noch."

Hausverwalter

„Was sagen Sie da? Das Haus ist leer? Möbel und Menschen abtransportiert? Unsinn! Haben Sie getrunken? Dann sehen Sie zu, wie Sie schnellstens wieder nüchtern werden. Ich komme gegen 16 Uhr mit dem Gebietsleiter der Verwaltung zu Ihnen. Mann, Sie können den Sprung nach oben schaffen! In der Nachbarstadt ist ein großer Wohnkomplex fertig gestellt worden mit 120 Wohneinheiten. Wenn die Inspektion zur Zufriedenheit verläuft, bekommen Sie den Posten. Na, ist das was? Also vergessen Sie den Unsinn, den Sie eben von sich gegeben haben, nehmen Sie den Besen in die Hand und machen Sie ‚klar Schiff'. Bis nachher!"


Ein Wohnkomplex mit 120 Wohneinheiten und er der Boss! Donnerwetter, was für Aussichten! Der Lohn wäre dabei sicher auch nicht zu verachten und vielleicht wäre dann auch ein elektrischer Besen drin. Aber wie die Inspektion überstehen? Wie das leere Haus erklären? Die Verantwortung liegt bei ihm, schon klar. Der Graukittel handelte. Zunächst verschloss er alle Türen, dann fegte er das Haus in rasantem Tempo blitzblank und wachste den Flur, gelernt ist gelernt! Dann heuerte er Passanten an und trug ihnen auf, mit geschäftigem Ausdruck die Treppen hinauf und hinunter zu gehen, als würden sie hier wohnen.

16 Uhr, alles war bereit. Die beiden Verwalter kamen, schauten, erzählten sich dabei lachend Geschichten von zurückliegenden Inspektionen in anderen Häusern, waren nicht ganz bei der Sache, bemerkten die verschlossenen Türen nicht, grüßten die vermeintlichen Bewohner und nickten, als sie auf dem Bürgersteig vor den verhängten Ladenscheiben standen: „Aha, hier wird gerade neu dekoriert. Schön!"

Alles in allem waren sie zufrieden und klopften dem Hausmeister auf die Schulter. Der Graukittel huschte in seinen Keller und kam mit Gläsern und einer Cognacflasche wieder. „Warum nicht auf die erfolgreiche Inspektion anstoßen?", meinte er und die Herren nahmen mit Dank an, tranken, lachten, noch ein Glas, die Wangen röteten sich, doch halt, nicht den Feierabend vergessen! Sie verabschiedeten sich und verließen leicht schwankend das Haus.

Der Graukittel entsorgte Gläser und Flasche, bezahlte die Statisten und verriegelte hinter ihnen die Haustür, musste er doch auf keinen Nachzügler, der spätabends nach Hause kam, mehr warten. In seinem Kellerbüro schaltete er den PC an und wartete. Tatsächlich, gegen 20 Uhr erhielt er eine E-Mail mit dem Hausmeister-Vertrag für den neuen Wohnkomplex. Er hatte es geschafft.

Am nächsten Tag siedelte er mit seinem wenigen Hab und Gut um, schloss die Haustür sorgfältig und mehrfach ab und warf den Schlüssel in den Gully.

Der Verwalter bekam eine Abmahnung, weil er alkoholisiert im Dienst angetroffen worden war, und da es nicht die erste war, einige Tage später die Kündigung. Auch der Gebietsleiter wurde versetzt.

Das Haus blieb leer an Ort und Stelle stehen. Die Tücher verhüllten weiterhin die Scheiben der Läden, niemand fragte nach den Bewohnern, niemand sprach an, dass die Haustür dauerhaft verschlossen blieb und keine Menschenseele mehr aus dem Haus hinauskam oder hineinging. Blind und stumm taperten die Passanten vorbei ... und keiner war mehr zuständig ...

Jahre später entdeckte der neu eingestellte Hausverwalter durch einen Zufall das leere Haus, fragte nach, erhielt kein Antwort – ist ja viel zu lange her! – schrieb die Wohnungen und Läden zur Vermietung aus und stellte einen Hausmeister ein, der sich ein hübsches Kellerbüro einrichtete.

# Haus auf Rädern

*Neue Verordnung von der Stadtverwaltung!*

*Alle Häuser müssen mit Rädern ausgestattet werden!*
*Diese Verordnung ist unverzüglich umzusetzen, andernfalls droht eine nicht unerhebliche Buße!*

Dieses Schreiben der Hausverwaltung hielt der Hausmeister am Morgen in den Händen. „Was soll das denn?", fragte er am Telefon den Verwalter. „Und wie wird das denn gemacht? Wann muss ich mit den Handwerkern rechnen?"

„Wie? Das müssen Sie selber wissen und bewerkstelligen, schließlich sind Sie der Hausmeister und für das Haus verantwortlich. Und wann? Na, sofort! Steht doch in dem Schreiben. Übrigens, Geldmittel werden nicht bereitgestellt. Sie haben das Budget für das Haus sowieso mit Ihren vielen neuen Besen überzogen. Also an die Arbeit, Mann!", war die harsche Antwort, die keinen Widerspruch duldete. Entsprechend geschrumpft legte der Hausmeister den Hörer auf und dachte nach. Der Keller! Um Himmels willen! Wenn das Haus mit Rädern ausgestattet wird, dann darf es keinen Keller mehr haben. Also muss dieser zugeschüttet werden. Lieber Himmel, wo soll er denn dann wohnen und arbeiten? Egal, Anordnung ist Anordnung, also an die Arbeit, wie befohlen. Er telefonierte, machte Termine mit Baufirmen aus, die den Keller zuschütten, orderte Schreiner und Bauschlosser, die ein solides Fundament errichten sollten, und zum Schluss rief er einen großen Automobilhersteller an und forderte passende Räder mit Reifen an.

Am nächsten Morgen, schon sehr früh, kamen die ersten Arbeiter und klingelten den Graukittel aus dem Schlaf. Er lief schnell nach oben und auf die Straße ... ein wildes Getümmel herrschte hier. Auch die anderen Häuser wurden mit Rädern versorgt, Keller aufgeschüttet, Fundamente errichtet und die Bewohner fortgeschickt. Am Abend standen einige Häuser in der Straße bereits auf ihren Rädern. Eine praktische Angelegenheit, denn so konnten sie rasch verschoben werden, wenn man mal etwas suchte oder eine Durchfahrt zu eng war. Die Hausmeister der Häuser tauschten sich aus und gaben sich gegenseitig Tipps. Nach einer Woche war die ganze Straße und nach zwei Wochen die ganze Stadt mit fahrenden, beweglichen Häusern ausgestattet. Die Graukittel wurden von Ihren Hausverwaltungen belobigt und mit einer Gratifikation belohnt. Nun beglückwünschten sie sich gegenseitig und trafen sich auf einem Sportplatz, um die gelungene Aktion standesgemäß mit Dosenbier zu begießen. Sie stießen mit dem Blechgetränk an: „Prost, Kollegen!"

Ein noch junger Hausmeister fragte leise in die Runde: „Weiß eigentlich einer von euch, warum die Häuser unbedingt Räder haben sollten?"

Nein, alle schüttelten den Kopf, aber warum Gedanken machen? „Sicher, um besser unter den Häusern fegen zu können, und auch vor ihnen kann man sauberer kehren, wenn man sie ein Stückchen nach hinten verschieben kann", meinte dann doch ein Älterer.

Nun, die wahre Antwort erhielt der junge Hausmeister einige Tage später, als ein großer LKW der Stadtverwaltung durch sämtliche Straßen fuhr, die Häuser anseilte und sie hinter sich herziehend aus der Stadt brachte – teils mit, teils ohne Hausmeister, je nachdem, ob sie gerade in ihren Häusern waren oder nicht ...

# I'm still standing ...

Heute, am Freitag, fegte der Hausmeister nicht nur den Hausflur, sondern griff auch zu Wischmopp und Putzeimer und wischte ihn ... zu schmutzig war der Boden, die Kunden der Läden und die Bewohner des Hauses hatten sehr viel Straßendreck herein getragen. Zwei Teenager liefen untergehakt und lachend durch den nassen Flur. Seine Armbanduhr zeigte 11.41 Uhr an und seufzend verrichtete er seine Arbeit. Nun ertönte auch noch sein Piepser: Der Hausverwalter forderte einen sofortigen Anruf. Also ließ der Hausmeister den Mopp stehen und lief in sein Kellerbüro.

„Fahren Sie sofort zum Bahnhof, Expressausgabe. Dort steht ein Paket mit Putzutensilien bereit!", schnarrte es aus dem Hörer und schnell machte er sich auf den Weg, holte das Moped, das er von der Verwaltung zur Verfügung gestellt bekommen hatte, vom Hof, schraubte den kleinen Anhänger an und fuhr los. Nach etwa einer Stunde kam er zurück, brachte das Paket in sein Kellerbüro und das Moped wieder auf den Hof, wo es unter einer Schräge sein Dasein fristete. Er nahm noch rasch einen Schluck aus der Kaffeetasse, die seit dem Morgen auf seinem Schreibtisch stand, und lief nach oben, um weiter zu wischen. Das Wasser war inzwischen kalt geworden, und während er noch darüber nachdachte, ob er sich ein Mittagessen im Imbiss gegenüber leisten könnte, fiel sein Blick auf die Uhr, die über der inneren Eingangstür hing: 11.41 Uhr. „So ein Mist! Stehen geblieben!", fluchte er, eilte in sein Büro und holte eine Batterie, eine Leiter vom Hof, hinaufgestiegen und die Batterie gewechselt. Nun sollte die Uhr wieder richtig gehen. Wie spät war es jetzt? Kurz vor 12 vermutete er und schaute auf seine Armbanduhr: 11.41 Uhr. Zu dumm, auch stehen geblieben und das zur selben Uhrzeit, Sachen gibt's ... wunderte er sich und fragte einen Kunden nach der Zeit. 11.41 Uhr tönte es ihm entgegen.

„Nein!", rief er. „Das kann nicht sein! So spät war es doch schon vorhin, als ich zum Bahnhof fuhr." Der Mann achtete nicht auf seine Antwort und ging in das Blumengeschäft.

‚Was mache ich denn jetzt?', fragte sich der Graukittel, hatte dann eine Idee, ging in sein Büro und schaltete den kleinen Fernseher ein. Der Nachrichtensender zeigte doch immer die aktuelle Zeit an. Richtig: Da war die Uhr auf dem Bildschirm zu sehen: 11.41 Uhr. „Ja, bin ich denn ...", fragte der Hausmeister laut und schüttelte den Kopf. Nun, dann war es wohl so, 11.41 Uhr. Er stellte seine Armbanduhr und dann die Uhr im Hausflur auf diese Zeit ein. Zwei Teenager gingen lachend unter der Leiter her und in das Haus. Was soll's, er brachte die Leiter wieder auf den Hof und wischte den Flur fertig. Dann fegte er vor dem Haus, hielt ein Schwätzchen mit einem Passanten, plauderte über das Wetter – und sein Magen knurrte, nun ja, es musste jetzt endlich Mittagszeit sein. Er zählte sein Bargeld und ja, es reichte für eine Bratwurst und einen Kaffee. Also lehnte er den Besen gegen die Hauswand, überquerte die Straße und wollte die Imbisstür aufdrücken.

„Wir öffnen erst um 12 Uhr!", rief der Koch von drinnen und nickte ihm freundlich zu. Der Hausmeister drückte noch einmal gegen die verschlossene Tür und schaute – etwas zögerlich – auf seine Armbanduhr: 11.41 Uhr.

„Die Zeit! Sie geht nicht weiter!", sagte er einer Passantin. „Verstehen Sie das?"

Die Frau schaute ihn an und ging eilig weiter. Der Hausmeister ging zurück in das Haus. Der Besitzer des Blumenladens kam ihm entgegen.

„Haben Sie es auch bemerkt?", fragte der Graukittel den Blumenmenschen.

„Was denn?", antwortete dieser und wich zwei Teenagern aus, die lachend durch den Hausflur gingen. „Die Zeit ist stehen geblieben", rief der Hausmeister.

„Ja, das habe ich gesehen", meinte der Blumenhändler und schaute zur Uhr im Hausflur, „die Batterie ist wohl leer."

„Nein, nicht die Uhr ist stehen geblieben, sondern die Zeit", verzweifelte der Graukittel und wiederholte: „Die Zeit!"

Verständnislos blickte der Händler zwischen Hausmeister und Uhr hin und her, schaute dann auf seine eigene Armbanduhr: 11.41 Uhr.

„Was soll daran nicht stimmen?", fragte er dann.

„Passen Sie nur auf, Sie werden es sehen. Gleich ist es immer noch 11.41 Uhr!", meinte der Hausmeister und beide Männer schauten auf die Uhr. Nach einer Weile lachte der Blumenmann: „Da, sehen Sie nicht? Die Zeit ist weitergelaufen. Wir haben jetzt 11.41 Uhr!"

„Aber das hatten wir doch vor ein paar Minuten schon!", rief der Graukittel, rot im Gesicht. „Ich habe eine Idee! Wir brauchen mehrere Uhren, dann können wir vergleichen."

Der Ladenbesitzer, gutmütig wie er war, machte mit. Die beiden Männer holten aus allen Ecken Uhren herbei, stellten sie auf den Ladentisch und beobachteten sie. Zwei Teenager kamen lachend in den Laden. Der Blumenhändler ließ von den Beobachtungen ab und bediente die Kunden. Noch mehr Menschen drängten nun in den Laden und es wurden Rosen, Tulpen und Nelken in großer Anzahl verkauft. Endlich leerte sich das Geschäft.

„Nun, wie spät ist es denn jetzt?", fragte der Verkäufer den Hausmeister und schaute auf die Uhren: 11.41 Uhr. „Na sehen Sie, wie hervorragend die Uhren marschieren? Schweizer Präzisionswerke!", lachte er den Graukittel an. „Wollen wir nachher zusammen Mittag essen? In der Imbissstube gegenüber?"

Doch der Hausmeister flüchtete aus dem Laden in sein Kellerbüro und warf sich auf seine Pritsche. Er musste wohl eingeschlafen sein, denn vor ihm standen zwei Teenager und er hatte sie nicht hereinkommen sehen. Sie lachten und warfen ihm eine Feder zu: „Hier, die ist aus der Uhr im Hausflur gefallen, als sie die Batterie gewechselt haben!" Dann verschwanden sie und von der Kellertreppe hörte der Hausmeister noch ihr Gewisper. Er sah sich den kleinen Gegenstand an. Eine elektrische Uhr, die mit einer Feder funktionierte? Egal, er holte wieder die Leiter vom Hof und kletterte zur Uhr hinauf, öffnete sie und schaute nach einer Möglichkeit, die Feder unterzubringen und vielleicht würde dann ja auch die Zeit endlich weiterlaufen. Er suchte und suchte, fand aber nichts.

„Kann ich Ihnen helfen?", hörte er da eine Stimme und sah im Flur eine Frau, die aber eine Antwort gar nicht abwartete, sondern halsbrecherisch zu ihm hinauf kletterte. „Hier!" sagte sie und wies auf eine winzige Öffnung im Inneren der Uhr. Der Hausmeister steckte die Feder hinein und wartete. Ja, 11.42 Uhr, 11.43 Uhr, die Uhr und die Zeit liefen weiter.

„Danke sehr! Woher wussten Sie denn ...?", fragte er die Frau, die die Leiter schon wieder hinuntergeklettert war. „Verstehen Sie etwas von Uhren und der Zeit?"

„Ob ich etwas davon verstehe?", lachte sie. „Ich bin die Zeit!", und ging zur Haustür. Aus ihrer Kleidung fielen Zeiger auf den Boden des Hausflures und ein leises Ticken war zu hören. Ihr entgegen kamen die beiden Teenager, die dem Hausmeister nun schon öfter begegnet waren. Sie lachten und schwatzten. „Und das sind meine Töchter: Die Zukunft und die Vergangenheit", stellte sie die Mädchen vor. Eines der jungen Dinger ging durch den Flur in das Innere des Haus. Die Zeiger der Uhr rückten vor und die Bewohner des Hauses gingen aus und ein, um Jahre gealtert. Putz fiel von den Wänden, aus den elektrischen Glühbirnen im Flur wurden monströse, flimmernde Gebilde, denen man ihre Funktion nicht mehr ansah. Als aber das andere Mädchen ebenfalls durch die innere Haustür ging, liefen die Zeiger der Uhr rückwärts und nun kamen alte Freunde des Graukittels von allen Seiten herbeigestürmt, seine verstorbenen Verwandten, ein alter Lehrer und seine Jugendliebe. Glücklich wollte er sie umarmen, als die Frau auf ihn zutrat und die Tochter verscheuchte. Mit ihr verschwanden die Menschen aus der Vergangenheit und mit feuchten Augen schaute der Hausmeister auf den nun leeren Hausflur.

„Sei nicht traurig", bat die Zeit, „schau, du hast doch noch mich", und zeigte auf die Uhr im Flur."

Der Hausmeister schaute darauf: 12.30 Uhr, Mittagspause! Er nickte der Frau zu und ging fröhlich pfeifend aus dem Haus in den Imbiss gegenüber, wo der Blumenhändler schon auf ihn wartete ...

# Wandpeople - Tiefgrund

Durch das Haus zog der Geruch von frischer Farbe.

‚Sollten die Maler doch endlich die Wände gestrichen haben?', dachte der Hausmeister, der den Flur fegte, und rief nach oben: „Hallo? In welchem Stockwerk sind Sie?"

Keine Antwort. Der Graukittel lehnte den Besen an die Wand und erklomm die Stufen zur ersten Etage. Beißender Farbgeruch legte sich auf seine Lippen und seine Zunge. Es war kein Maler zu sehen, allerdings standen geöffnete Farbeimer herum, in denen lange Pinsel steckten.

Der Hausmeister ging zur zweiten und zur dritten Etage. Das gleiche Bild. Auf der Treppe ein paar Farbflecke. Er zog ein schmutziges Tuch aus seiner Kitteltasche, beugte sich stöhnend herunter und wischte den Fleck fort, so gut es ging. Dann betrachtete er mit prüfendem Blick die Wand. Hochweiß war sie ja nicht. Er brummelte vor sich hin. Chamois war ausgemacht, aber vielleicht hatte ja der Hausbesitzer noch etwas geändert. Er ging nah an die Wand heran, schnupperte den scharfen Geruch, die Augen begannen zu tränen. Ob die Farbe wohl schon trocken ist? Sein Zeigefinger näherte sich der Wand, berührte sie – sie gab nach. An der Fingerkuppe blieb ein wenig Farbe haften. Er wischte sie mit dem Schmutztuch ab und versuchte es sofort erneut: Vorsichtig die Wand berühren, sie ließ sich eindrücken wie Pudding. Schon steckte sein Zeigefinger bis zum zweiten Fingerglied in der Wand, bald war die ganze Hand darin verschwunden.

Da tauchte ein Maler auf.

„Was haben Sie mit der Wand gemacht?", fragte der Hausmeister und wischte sich die Farbe von der Hand. „Sie gibt ja nach."

„Tiefgrund, einfach nur Tiefgrund. Saugt wunderbar auf", war die Antwort.

„Auch Hände?"

„Alles, was mit ihr in Berührung kommt. Ganz neue Farbe. Morgen streiche ich aber drüber, Chamois, wie gewünscht."

Der Maler stiefelte die Treppe hinauf und man hörte Geräusche von der vierten Etage. Der Hausmeister stellte sich wieder vor die Wand und steckte seine Hand hinein.

„Komm herein", wisperte eine Stimme und es wurde an seiner Hand gezogen. Ehe er sich wehren konnte, steckte er schon bis zur Schulter in der Wand.

„Komm herein!", wurde er wieder aufgefordert und gleichzeitig gezogen. „Es ist nicht gefährlich."

Die Schulter, der Hals, schließlich der Kopf und dann der ganze restliche Körper drehten sich langsam in die Wand hinein, bis er mit dem Gesicht zum Treppenhaus gänzlich darin feststeckte. Neben ihm wischten flache Gestalten hin und her, kicherten und tobten herum.

„Ich will hier raus!", wollte der Hausmeister schreien, aber auch seine Töne steckten fest.

„Keine Angst, hier wird es dir gut gehen. Du wolltest doch immer weg, oder nicht?", lachten die Gestalten.

„Aber nicht hierher, nicht in eine Wand", wollte er erwidern, doch seine Stimme blieb stumm.

Hinaussehen konnte er, wenn auch nur verschwommen. Er sah Menschen die Treppe hinauf- und hinabgehen, den Postboten, den Fleischerjungen, der sicher der alten Dame von oben ihre Bestellung brachte, einen Blumenhändler mit einer Yucca-Palme, Schulkinder, die lärmend hinaufstürzten. Vielleicht klappte es ja auch umgekehrt und er konnte die Hand von seiner Seite aus durch die Wand stecken. Versucht, getan, nein, ging nicht. Leicht durchsichtig aber undurchdringlich, er war gefangen.

„Tiefgrund, Tiefgrund", sangen die Gestalten und huschten in ihrer Flachheit hin und her, streiften seine Arme und seinen Kopf.

„Warum kann ich mich nicht umdrehen, was hält mich gefangen?", fragte er ton- und lautlos.

„Weil du hier im Flachen bist, in der Wand halt", riefen die Gestalten, „da gibt es nur rechts und links, unten und oben, aber nicht vorne und hinten. Du wirst dich daran gewöhnen. Hier kommt man nur hinein, aber nicht wieder heraus."

Zwei Männer gingen die Treppe herauf.

„Von der dritten Dimension in die zweite zu gelangen ist nicht schwer", dozierte der eine, „aber umgekehrt von der zweiten in die dritte ist unmöglich."

„Woher willst du das wissen?", beschwerte sich der andere. „Hast du das ausprobiert?"

„Kann man das?", fragte der erste Mann zurück und blieb stehen. „Mich schauen Augen an. In der Wand ist jemand!", rief er dann erschrocken und fasste sich ans Herz.

„Augen in der Wand, Dimensionen, die man nicht mehr verlassen kann, dir ist wohl schlecht geworden", sinnierte der andere Mann, zückte sein Handy und rief einen Krankenwagen.

„Von der zweiten in die dritte ist unmöglich", sangen die Gestalten und boxten den Hausmeister in die Seite, doch dessen Augen starrten längst glasig aus der Wand heraus, glasig, bewegungslos und tot.

Sanitäter kamen und schafften den Mann mit der Herzattacke in eine Klinik, ein Maler kam und pinselte deckende Farbe – Chamois – über die Wand, die glasigen Augen verschwanden, der Hausmeister verschwand und wurde nie wieder gesehen. Eine Woche später wurde ein neuer Graukittel eingestellt, dem immer auf der dritten Etage ein leiser Schauer über den Rücken lief, und er wusste nicht, warum ...

# Der doppelte Hausmeister

Der neue Hausmeister fegte den Hausflur, putzte das Treppengeländer, grüßte die Hausbewohner und wies Besuchern den Weg. Auf der dritten Etage stellten sich seine Nackenhaare auf, es schüttelte ihn und er sah unscharf. Manchmal glaubte er einen menschlichen Schatten in der Wand zu sehen, der sich bewegte, und manchmal waren es nur Blitze, von denen er nicht wusste, ob sie von draußen ins Treppenhaus drangen oder ob sie sein Gehirn selber produzierte. Er mied, so gut es ging, dieses Stockwerk.

Sein Vorgänger befand sich noch immer in der Wand und sah keine Chance, herauszukommen. Doch die Zeit arbeitete für ihn. Der Putz wurde hart und begann krümelig zu werden, die Farbe bekam daraufhin winzige Einrisse, die groß genug waren, dass er sie dehnen und einen Finger hindurch stecken konnte. An einem Tag, als der Neue es nicht vermeiden konnte und im dritten Stock etwas richten musste, sah er diesen Finger aus der Wand ragen. Die Blitze vor seinen Augen verdoppelten sich und er lief die Treppe hinunter, hinaus an die frische Luft.

Der alte Hausmeister schaffte es mit der Zeit, nicht nur einen Finger oder eine Hand durch die Wand zu strecken, sondern bald sein Bein und dann seinen Kopf. Der Kopf aus der Wand brachte dem Neuen einen dreimonatigen Psychiatrieaufenthalt ein. Genau diese Zeit benötigte sein Vorgänger, um sich ganz aus der Wand zu schälen. Befreit, voller weißer, bröckeliger Farbe, saß er danach auf der Treppe und schüttelte sich Putz aus den Haaren.

„Was machen Sie hier?", fragte der Hausmeister, als er voller Widerwillen den dritten Stock bestiegen hatte, um seiner Arbeit nachzugehen.

„Ich bin der Hausmeister!", war die erstaunte und ärgerliche Antwort. „und wer sind Sie? Was haben Sie hier zu suchen?"

„Ich bin der Hausmeister! Das ist ja eine Frechheit, verlassen Sie sofort dieses Haus!", erwiderte der neue Graukittel.

„Nein, ich bin hier eingestellt. Warten Sie, ich hole meinen Arbeitsvertrag", rief der alte Hausmeister, stand auf und lief in das Büro im Kellergeschoss, welches die Hausverwaltung zur Verfügung gestellt hatte, kramte in einer Schublade und zog schließlich ein Schriftstück heraus, ‚Arbeitsvertrag' stand darauf.

„Hier bitte, so sehen Sie doch!", sagte er und hielt das Papier dem Hausmeister, dem offiziellen, hin. Dieser las, verglich das Datum, durchblätterte seinerseits einen Aktenordner und hielt dem Verblüfften ebenfalls einen Arbeitsvertrag hin: „Und hier ist meiner. Welcher ist denn nun rechtens?"

„Ich denke, beide", überlegte der alte Hausmeister, „und wenn wir beide unser Gehalt bekommen ..."

„... sollte es uns doch gleich sein", lachte der Neue, „aber, was mich interessieren würde, wo kommen Sie eigentlich her und warum sind Sie so derangiert?"

„Ich war oben, im dritten Stockwerk, in der Wand gefangen. Die Wandpeople zogen mich hinein – die Farbe war so aufsaugend – und ich konnte mich erst heute befreien."

„Wandpeople? Sie waren in der Wand? Ich habe da etwas gesehen, aber als ich davon erzählte, steckte man mich in die Psychiatrie. Bitte zeigen Sie mir doch die Stelle, ja? Dann kann ich beweisen, dass ich nicht verrückt bin."

Gerne machte der Kollege das und, wie es ausging, ist nicht schwer zu erraten: Die Wandpeople zogen beide Hausmeister zu sich in ihre flaches Reich und seitdem ... die Hausverwaltung vertuschte den Verlust, stellte einen weiteren Hausmeister ein. Dieser bemerkte zwar die Schatten in der Wand der dritten Etage, zog aber als Konsequenz nur einen Maler von außerhalb herbei, der die Wand in einem marmorierten, sattem Grün strich. Die Hausverwaltung verhängte eine Geldbuße für eigenmächtiges Handeln, und damit war der Fall für sie erledigt.

# Das Haus wird abgerissen!

„Das Haus wird abgerissen!", schnarrte es aus dem Telefonhörer und der Hausmeister zuckte zusammen. „Und Sie werden es den Bewohnern sagen und dafür sorgen, dass es besenrein ist."

‚Besenrein? Wenn es abgerissen wird?', überlegte der Graukittel, fragte aber dann laut: „Wann ist der Abrisstermin und warum überhaupt?"

„Heute und der Grund geht Sie gar nichts an ... ich will es Ihnen aber sagen, die Straße wird verbreitert und da stört das Haus, Anordnung des Katasteramtes. Also los, Sie haben nicht viel Zeit!"

Der Hausmeister nickte den Hörer an und legte auf. Dann lief er zu den Ladenbesitzern, riss beide Türen gleichzeitig auf und brüllte: „Alles zusammenpacken, Ihr Laden ist gekündigt. Sie müssen raus!"

Er sprang die Treppe hinauf, klopfte an die linke Wohnungstür der ersten Etage und als diese geöffnet wurde, schrie er seinen Text dem Mieter ins Gesicht: „Packen! Raus! Ihnen ist gekündigt! Das Haus ...", dann dem rechten Mieter, denen im zweiten und dritten Stock, stolperte über die Malergerüste und Farbeimer, als von oben jemand rief: „Ich verstehe nicht, was ist los? Kommen Sie doch rauf!"

Nein, hinauf wollte der Graukittel auf keinen Fall, so beugte er sich nur über das Treppengeländer und rief seinen Spruch nach oben: „Los, packen, alles ausräumen, die Abrissbirne ist schon unterwegs!"

Er lief in den Keller, vorbei an Mietern, die im Treppenhaus standen, ihn festhalten und nähere Auskünfte haben wollten. In seinem Büro sank er auf seine Pritsche und fühlte seinen Puls. Zu hoch, schon klar. Also Ruhe, beruhigen, Atem holen, ihm würde schon nichts passieren, vorausgesetzt, er wäre rechtzeitig aus dem Haus, aber das würde schon klappen. So zog er einen kleinen Handkoffer unter der Pritsche hervor, packte seine Sachen hinein, verschloss ihn und wollte aus dem Haus. Im Flur Lärm, Rufen, Aufgeregtheit. Wieder hielt man ihn am Ärmel fest und schrie auf ihn ein. Ein dunkler Schatten von draußen, ein großer Laster, Bauarbeiter, stämmig, mit rotem Gesicht, traten in den Flur und prüften die Wände, hackten zur Probe mit einer Spitzhacke den Boden auf und zerbröselten die Steine unter ihren Händen, nickten und verschwanden wieder nach draußen.

Geschrei. Gedränge.

„Ich sagte doch, alles raus!", versuchte der Hausmeister sich verständlich zu machen und nutzte dann das Chaos, um gebückt zur Haustür zu gelangen, entwischte und lief um sein Leben die Straße hinunter. Ihm entgegen kamen weitere Baufahrzeuge, beladen mit Abrissbirne und anderem schweren Gerät. Durch eine Flüstertüte wurden die Bewohner aufgefordert, das Haus zu verlassen. Unmittelbar darauf erschütterte der erste Stoß der Birne das Gebäude. Es war solide gebaut und so entkamen einige der Mieter, bepackt mit dem Nötigsten. Andere, die noch mit dem Zusammenraffen ihrer Habseligkeiten beschäftigt waren, erwischte es. Sie wurden mit den Mauern und Wänden begraben. Der Hausmeister stoppte seinen Lauf nach einer Minute, suchte einen Münzfernsprecher und rief die Hausverwaltung an:

„Alles klar gegangen, habe alle gewarnt!"

„Und ist das Haus auch besenrein?", schnarrte es aus dem Hörer.

‚Wozu besenrein?', überlegte der Hausmeister, antwortete aber: „Natürlich! Klar doch!", und lachte sich ins Fäustchen, während er in der Ferne die Abrissbirne auf das Haus einwirken sah.

Kurz darauf wurden die Pläne geändert und die Straße blieb, wie sie war. An derselben Stelle wurde ein neues Haus errichtet und der Hausmeister behielt seinen Job, erhielt Schweigegeld und wurde seines Lebens nicht mehr froh …

# Das Sternenkind

„Ich muss nach oben!", rief der Besucher des Hauses und wollte sich an dem Hausmeister vorbeidrängen."

„Halt! Hier kommen Sie nicht vorbei! Es ist nur erlaubt, bis zum vierten Stock zu gehen. Wo wollen Sie denn eigentlich hin?", antwortete der Graukittel.

„Ich muss aber nach oben, nach ganz oben, zum Dach", die Stimme des Besuchers klang sehr aufgeregt.

„Ein Dach gibt es hier eigentlich gar nicht, der First ist meistens weit aufgesperrt."

„Ja, und gibt den Weg zu den Sternen frei, darum will ich ja hinauf!", der Mann sprang die Treppenstufen hinauf und der Hausmeister keuchte hinter ihm her.

„Das ist gefährlich!", wollte er den Eindringling zurück halten, „das Haus verkürzt den Abstand zum Himmel, pulverisiert ihn. Was meinen Sie, was Ihnen da oben passieren kann!"

„Ich muss zu den Sternen", rief der Besucher und ließ sich nicht aufhalten, „ich will das Sternenkind holen", dann war er auch schon über den vierten Stock hinaus oben angekommen, genau dort, wo das Dach im Nebel zerfloss und die Sterne nahe waren.

Nach einer Weile kam er wieder herunter. Der Hausmeister, der nicht damit gerechnet hatte, ihn lebend wieder zu sehen, erschrak bei seinem Anblick, denn seine Haare waren ganz weiß geworden.

„Haben Sie ihr Sternenkind gefunden?", fragte er, sah aber dann, dass der Mann taumelte, fing ihn auf und schleppte ihn nach unten in sein Kellerbüro. Er legte ihn auf eine Pritsche, wischte ihm den weißen Staub aus dem Gesicht und gab ihm ein Glas Wasser. Der Besucher trank, schloss die Augen und fragte:

„Kennen Sie das Sternenkind?"

Der Hausmeister verneinte.

„Wollen Sie davon hören?"

Der Graukittel schaute auf seine Armbanduhr, 14.30 Uhr zeigte diese an. Er seufzte und seine Neugier siegte über Pflichtgefühl und Arbeitseifer. Er hockte sich auf den Tisch und hörte zu:

## Das Sternenkind

In einer Milchstraße mittlerer Größe lebte ein Sternenkind. Es hüpfte zwischen den Sternen herum, sprang von Sonne zu Sonne und spielte Ball mit ihren Planeten. Manchmal blies es in einen alten Stern hinein, der dadurch zu einem roten Riesen wurde, oder es knetete eine Sonne solange in seinen Händen, bis sie zu einem weißen Zwerg wurde. Auf dem interstellaren Staub rutschte es hin und her und in den Nebeln, wo die jungen Sterne entstanden, spielte es Verstecken. Kurz, es war eine Plage für die ganze Galaxie! Petrus, der Wächter der Himmelstür, schüttelte immer wieder seinen Kopf, wenn er dem Treiben des Sternenkindes zuschaute, und ermahnte es, hob drohend seine Hand und das Kind wurde dann sehr traurig. Es überlegte, wie es seinen Unfug wieder gut machen könnte, und hatte auch bald eine Idee: Aus den abgebrochenen Strahlen der Sonnen bastelte es Goldmünzen und warf sie den Lebewesen auf den Planeten zu. Dann sammelte es das Silberlicht der Monde in seiner Milchstraße, knetete es und formte daraus eine Kutsche mit leuchtenden Pferden, die es durch die Galaxie zogen. Bei dieser Fahrt lud es verloren gegangene Planeten ein und auch manche Rakete, die, von den Galaxiebewohnern in das All geschossen, ihr Ziel verfehlt hatte. Es brachte sie zu den Erbauern zurück und setzte die Planeten wieder in ihre Umlaufbahn.

Nun war Petrus zufrieden und lobte das Sternenkind, doch brav sein ist langweilig. Das Sternenkind setzte sich ganz nah an ein schwarzes Loch, vor dem seine Mutter es immer gewarnt hatte, und steckte seine Zehen hinein. Hui, wie das zog und zerrte! Aus Weltraumschrott baute es eine Angel, knüpfte einen zappelnden Stern daran und hielt ihn über das schwarze Loch. Sofort wollte dieses den Stern verschlingen und nicht wieder hergeben, aber das Sternenkind riss lachend die Angel zurück. Der arme Stern hatte Todesängste und schrie um Hilfe. Oh weh, ob Petrus das wohl hörte?

Schnell sprang das Kind auf, warf die Angelrute beiseite – der arme Stern konnte sich später selber befreien – und lief über die Milchstraße, so rasch es konnte, bis ans Ende der Galaxie. In eine alte, ausgediente Rakete schöpfte es etwas von der vergossenen Milch der Straße hinein und nahm sie als Wegzehrung mit. Nun nahm es Abschied, schaute sich noch einmal voller Wehmut um, nahm dann Anlauf und sprang mit einem großen Satz zur Nachbargalaxie. Vielleicht gab es hier auch ein Sternenkind, so wie es selbst, und damit einen Spielgefährten.

Es rief: „Hallo, ist hier jemand?"

Doch als Antwort kam nur die Milliarden Jahre alte Sternenmelodie.

„Nein, hier bleibe ich nicht!", sagte es zu sich und lief weiter – vorbei an Kugelsternhaufen und Spiralgalaxien, in denen ihm schwindlig wurde, als es deren Armen folgte, und kam schließlich an das Ende des Universums. Eine Membran schloss es ab, aber keine Türe und kein Tor waren zu finden. Das Sternenkind klopfte und drückte dagegen, aber elastisch, wie Membranen nun einmal sind, bildete sich nur eine Delle. „Dann muss etwas dahinter sein!", überlegte das Kind, drehte sich um und brach einen spitzen Strahl von einem jungen Stern ab. Damit bohrte es ein Loch in die Haut des Universums! Das Sternenkind jubelte und vergrößerte das Loch, damit es hindurch steigen konnte, doch es zog sich sofort wieder zusammen und nur ein klitzekleiner Spalt blieb übrig.

„Strecke deine Hand hindurch, dann will ich dich ziehen!", hörte es eine Stimme. Ein wenig ängstlich – aber die Neugier siegte – steckte es seine Hand durch den Schlitz in der Membran und richtig, da griff jemand danach und zog und zog und zog … schwupps stand das Kind jenseits des Universums.

Hier war es weder dunkel noch hell, weder warm noch kalt.

„Wo bin ich hier?", rief es.

„Im Nichts!", war die Antwort.

„Und wer bist du und warum kann ich dich nicht sehen?", fragte es.

„Ich bin der Hüter des Nichts, und da im Nichts kein Licht ist, kannst du mich auch nicht sehen."

Im Nichts zu sein ist nicht sehr lustig und für ein verspieltes Sternenkind, das Licht und Leben braucht, unerträglich. So riss es seine Hand los und lief und lief und lief und suchte einen Weg aus dem Nichts. Aber führt etwas aus dem Nichts heraus? Nein, das ist unmöglich.

„Ich weiß!", rief es da nach einigem Überlegen. „Ich erschaffe etwas, dann wird aus dem Nichts etwas und ich kann es verlassen."

Es hatte ja noch die Rakete mit der Milch darin bei sich und diese nahm es nun zur Hand und schüttete die Milch aus. So entstand eine neue Milchstraße und das Sternenkind rutsche wieder hin und her und sprang von Stern zu Stern.

Nein, weiter gezogen ist es nicht mehr, denn hier war es viel zu schön.

## Spielen

Nun hockte das Sternenkind also in seiner Milchstraße mitten im Nirgendwo. Wie langweilig wurde es ihm mit der Zeit! Es fing einen Kometen, knetete ihn mit seinen Händen zu einem Ball und warf ihn nach einem Planeten. Getroffen! Prima! Weitere Kometen wurden zu schmutzigen Schneebällen geformt und geworfen, das Sternenkind warf und traf – oder auch nicht ... aber auch das wurde langweilig.

„Ach, wenn ich doch nicht so alleine wäre!", klagte es. Dann kratzte es ein wenig Sternenglanz von einer großen Sonne ab und strich ihn auf interstellaren Nebel. Fein sah das aus – und es glänzte prächtig, ja, es glänzte so sehr, dass sich das Kind darin spiegeln konnte. Da es aber nicht wusste, wie es aussah, dachte es, dass da endlich, endlich ein Spielgefährte wäre, und formte und knetete weitere Eisbälle und warf sie auf das vermeintliche andere Kind. Die Bälle prallten ab und flogen zu ihm zurück. Hin und her ging das Spiel. Das Sternenkind und sein Spiegelbild trugen wahre Meisterschaften aus, doch keines gewann. Erschöpft ließ es sich auf einer Sternenstaubwolke nieder.

„Du hast mit deinem Spiegelbild gespielt, da ist gar kein anderes Kind!", lachte der Wächter des Nichts, der das Treiben beobachtet hatte. „Deshalb kann auch niemand von euch gewinnen."

„Was ist ein Spiegelbild?", fragte das Sternenkind erstaunt.

„Das ist dein Ebenbild, eben ein Bild von dir selber."

„Hat alles und jedes ein Ebenbild? Ich sehe nur einzelne Sterne und Planeten, da sind keine Bilder von ihnen", wollte es nun wissen.

„Bilder entstehen nur, wenn du etwas spiegelst. Nun möchtest du sicher wissen, was ein Spiegel ist, nicht wahr?", lachte der Wächter und das Kind nickte.

„Nun, ein Spiegel ist etwas, was wiederum etwas zurückwirft und nicht behält. Schau, das schwarze Loch in deiner Milchstraße verschluckt alles und so kannst du dich darin auch nicht spiegeln."

Das Sternenkind machte einen großen Sprung zur Mitte seiner Galaxie und schaute in das schwarze Loch hinein, hielt sich dabei gut am Rand fest, damit es nicht hineingezogen wurde. Nein, es stimmte, hier sah es kein anderes Kind oder was auch immer, hier war alles dunkel.

„Du hast wohl Recht", meinte es dann auch zum Wächter.

„Aber wieso wirft der Nebel alles zurück? Auch mich?"

„Nicht dich, nur dein Abbild!", mahnte der Alte.

„Das kommt daher, dass der Sternenglanz, den du darauf gestrichen hast, sehr glatt und dynamisch ist. Nichts kann an ihm haften bleiben, im Gegenteil, es wird sofort wieder zurück geschleudert, dahin, wo es hergekommen ist."

„Und was wird zurückgeworfen?"

„Deine Strahlen, mein Kind, deine Strahlen. Du bist doch ein Sternenkind und Sterne strahlen."

Der Wächter des Nichts brach in ein lautes und ewig langes Lachen aus, während das Kind leise vor sich hin weinte, denn nun wusste es, dass es wirklich alleine war.


## Wieder zurück

‚Ich will wieder zurück', dachte das Sternenkind bei sich. ‚Ich will wieder in mein Universum zurück', und hüpfte von Stern zu Stern bis an das Ende seiner Milchstraße. Nun wollte es springen, vom äußersten Stern bis hin zur Membran, durch die es gekommen war. Es stellte sich mit den Zehenspitzen auf den Stern, bückte sich und wollte loshüpfen, aber es kam nicht vom Fleck. Wieder und wieder versuchte es, den Stern und die Milchstraße zu verlassen, aber es blieb wie festgeklebt am selben Ort.

„Du kannst das Nichts doch nicht durchdringen!", regte sich der Wächter des Nichts auf.

„Wieso nicht? Ich will einfach hindurch hüpfen."

„Das Nichts ist das Nichts und du als Sternenkind müsstest eigentlich wissen, dass man nur durch einen Raum spring kann, und das Nichts ist raumlos, es ist alles-los, es ist das Nichts ..."

„Dann überspringe ich es oder hüpfe um es herum", lachte das Kind.

„Wenn das Nichts ohne alles ist, dann ist es auch ohne Ausdehnung und es gibt kein Drumherum", brummte der Wächter.

„Aber wie komme ich dann wieder zurück?", dem Kind saßen die Tränen sehr locker und es schniefte ein wenig.

„Gar nicht!", erklang ein Rufen und Lachen, das sich immer weiter entfernte.

„Wo bist du? Geh' nicht weg!"

Aber das Lachen entfernte sich immer mehr und verschwand im Nichts.

# Durch das Nichts hindurch

‚Wenn der Wächter des Nichts im Nichts herumlaufen kann, dann kann ich das auch!', dachte sich das Sternenkind und legte sich flach auf den Boden seiner Milchstraße und richtig, da kam der Alte heran geflogen. Nun hieß es aufpassen und beobachten! Der Wächter hielt in jeder Hand einen Stab, das konnte das Kind genau sehen, wenn es die Augen zusammenkniff. Er hielt sie über Kreuz vor sich, wenn er flog. ‚Ich brauche diese Stäbe', sagte sich das Kind und rief: „Du, komm doch bitte einmal her zu mir! Ich habe da einen wunderbaren, blau leuchtenden Stern gefunden. Magst du ihn haben?"

Ein blauer Stern? So etwas hatte der Alte noch nie gesehen und ließ sich locken.

„Wo ist er denn?", fragte er neugierig und kam auf das Kind zu, wurde von ihm gepackt und mit aller Kraft zum schwarzen Loch gezogen.

„Nicht hineinwerfen!", schrie er voller Angst.

„Dann gib mir deine Stäbe!", verlangte das Kind und der Wächter des Nichts versprach es, wurde losgelassen und überreichte ihm die kleinen Stangen.

Das Sternenkind hielt sie parallel doch der Alte sagte: „Du musst sie über Kreuz halten. Es sind Raumstäbe und sie spannen den Raum im Nichts auf. Das geht nur über Kreuz.

Über Kreuz? Das Kind versuchte es, hüpfte zum äußersten Stern, kreuzte die Stäbe und wagte einen großen Sprung mitten in das Nichts. Hurra! Es klappte! Vor ihm baute sich Raum auf und zwar genauso groß und lang und breit, wie es die Stäbe kreuzte.

In der Ferne sah es die Membran seines alten Universum und es hechtete mit seinen Raumstäben genau darauf zu, schlüpfte dann durch die Haut hindurch und war – glückselig – wieder daheim.

Es stecke die Stäbe in die Taschen seines Sternenhemdchens und schwebte von Galaxie zu Galaxie, streichelte Monde, hauchte erkalteten weißen Zwergsonnen Leben ein und kühlte rote Riesen ab, indem es sie mit seinen Händen in der Kälte des Weltraums hin und her schwenkte.

Kugelsternhaufen ordnete es nach Größe und Gewicht. Einzelne Sterne fing es ein und gab ihnen einen Platz in einer Galaxie, kurz, es war glücklich, wieder daheim zu sein.

## Zeitstaub

Von Stern zu Stern zu springen und mit Sternenstaub zu spielen wurde dem Sternenkind nach einiger Zeit zu langweilig. Es versuchte immer größere Sprünge und stieß mit dem Kopf an die Membran, den Abschluss, die Haut seines Universums. Noch einmal hinaus? Das Kind schaute vorsichtig nach allen Seiten und wagte es schließlich. Mit den Raumstäben vor sich, diese schön gekreuzt haltend, durchbrach es die Weltraumhaut und flog durch das Nichts. Es ließ einen Raum entstehen, der sich fort und fort teilte, und doch hatte es den Eindruck, auf der Stelle stehen zu bleiben.

Ein Gelächter dröhnte in seinen Ohren: „Mut hast du, aber von Raum und Zeit keine Ahnung!"

„Und wie ich den Raum aufspannen kann, das siehst du doch!", rief es empört in Richtung der Stimme. „Du bist nur ärgerlich, weil ich deine Raumstäbe habe."

„Ach was", antwortete der Wächter des Nichts. „Raumstäbe habe ich so viele wie Sterne ihren Glanz. Aber ich habe etwas, was dir fehlt und ohne das du trotz schöner Räume und weiter Wege stillstehen musst."

„Und was ist das?"

„Die Zeit, mein Kind, die Zeit. Ohne Zeit kommst du nicht vorwärts, auch im Nichts nicht."

Es folgte ein nicht sehr harmonisches Gelächter.

„Wie kann ich die Zeit bekommen?", fragte das Sternenkind etwas mutlos geworden.

„Du musst etwas suchen, was sehr alt ist."

„Ach, die Sterne in meinem Universum sind schon uralt, aber wo ist da die Zeit?"

„Dort findest du sie nicht. Nichts, was man anfassen oder sehen oder hören kann, ist bei der Suche wichtig, sondern nur das, was in der Seele und im Herzen ist. Um alte Seelen legt sich der Mantel der Zeit und beginnt so den Prozess des Vergessens."

„Also muss ich Vergessenes suchen?"

„Ja!", war die kurze Antwort des Wächters.

Das Sternenkind spannte mit den Stäben einen Raum auf und gelangte wieder zur Haut seines Universums und schlüpfte hindurch. Dann machte es sich auf die Suche ...

Zuerst blickte es sich um und suchte nach schwachem Licht, denn Sterne in uralten Galaxien dürften nicht mehr so hell strahlen, meinte das Kind. Da, in einiger Entfernung flackerte es. Schnell sprang es dorthin und tatsächlich, hier gab es einige Sonnen, die nur noch schwach leuchteten. Es setzte sich auf einen Asteroiden, der eine dieser Sterne umkreiste, und schaute ...

„Was guckt du denn so?", fragte der alte Stern und gähnte.

„Ach, nichts, ich frage mich nur, wie viele Planeten du wohl besitzt ...", antwortete das Sternenkind.

„Planeten? Wer weiß das schon. Sie kommen und gehen, gezählt habe ich sie nie!", war die Antwort.

„Hast du vielleicht einen vergessen?"

„Einen Planeten?"

„Ja!"

„Ich sagte dir schon, dass ich mich nicht groß um sie kümmere, sie müssen selber sehen, dass sie auf ihrer Bahn bleiben, und nun störe mich nicht weiter, ich will ein Schläfchen halten", murmelte der Stern und war auch schon eingeschlafen.

Das Sternenkind richtete sich auf dem Asteroiden auf, um genauer sehen zu können, und zählte die Planeten: Eins, zwei, drei, vier ... sechzehn, siebzehn, achtzehn ... meine Güte und jeder Planet besaß mindestens einen Mond, der ihn umkreiste ... das Kind kam mit dem Zählen nicht mehr mit und verstand nun auch, warum der Stern keinen Überblick über seine Trabanten hatte und sehr wohl einen vergessen haben könnte. Aber welchen? Nein, hier kam es nicht weiter. Es machte sich auf und sprang mit geschlossenen Augen in die Weite seines Universums hinein. Es landete auf einem riesigen Planeten, der so groß war, dass er fast eine Sonne war, und zum großen Teil nur aus Gas bestand. In dem Planeten aber gab es einen festen Kern und hier hatten es sich Siedler wohnlich eingerichtet. Es war warm, denn der Planet strahlte als verhinderte Sonne viel Wärme ab. Die Siedler liefen in kurzen Hosen herum und bauten leckere Früchte an, von denen sie sich hauptsächlich ernährten. Sie waren friedlich und fröhlich und begrüßten das Sternenkind sehr liebevoll.

„Ich suche etwas Vergessenes", erklärte es seinen Gastgebern. „Könnt Ihr mir dabei helfen? Habt Ihr hier etwas, das vergessen wurde?"

Die netten Siedler aber lachten und meinten: „Wenn wir etwas vergessen hätten, dann wüssten wir ja nichts mehr davon. Wie könnten wir dir dann davon erzählen?"

Das sah das Sternenkind ein und wollte sich schon verabschieden, als eine alte Siedlerin rief: „Doch, hier gibt es etwas Vergessenes! Könnt Ihr euch nicht mehr an das kleine Kind erinnern, dass vor vielen Jahren hier durch einen Unglücksfall zu Tode kam? Wie schrecklich war das ..."

Ja, nun fiel es den Bewohnern wieder ein und sie weinten und klagten.

Nur das Sternenkind jubelte: „Ich habe etwas Vergessenes gefunden!"

Da es aber von den Siedlern nur sehr merkwürdig angeschaut wurde, pflückte es rasch einen wunderschönen Strauß der hübschesten Blumen und legte es auf das Grab des Kindes, zu dem es geführt wurde. Das Grab war verstaubt und verkommen, denn schon lange war niemand mehr hier gewesen und hatte es gepflegt. Von diesem Staub steckte das Sternenkind etwas in die Tasche seines Hemdchens, verabschiedete sich und sprang wieder hinaus ins Universum.

Ein blinkendes, schwaches Licht in der Ferne machte auf sich aufmerksam und das Kind schwebte näher heran. Es war ein Doppelstern, der sich umkreiste und dabei periodische Lichtzeichen abgab. Das Sternenkind nahm einen Stern in die Hand, daraufhin blieb der andere stehen und sandte einen Pfeifton und ein blendendes, rotes Dauerlicht aus. Sofort legte das Kind den Stern wieder in seine Umlaufbahn und die Doppelsterne umkreisten sich wieder und blinkten sanft wie zuvor. Schon wollte es die Hand nach dem anderen Stern ausstrecken, als dieser sagte:

„Bitte nicht, wir haben uns doch schon verloren!"

„Wen habt Ihr verloren?"

„Wir waren zu Dritt und bildeten einen sich drehenden Sternenring, da kam ein Wesen und nahm einen von uns fort. Nun müssen wir uns selber umkreisen ... alleine schaffe ich das nicht."

Das war klar und das Sternenkind streichelte beide Sterne und flog weiter.

Es sprang hin und her und kam schließlich wieder zum Ende des Universums, schlüpfte durch die Haut hindurch, öffnete mit seinen Stäben einen Raum und rief den Wächter des Nichts: „Ich habe einen Sternenring, einen uralte Galaxie und ein vergessenes Kind gefunden, aber die Zeit habe ich nicht gesehen."

„Aber gefühlt, nicht wahr? Und außerdem hast du sie in der Tasche deines Hemdchens."

„Da ist doch nur der Staub von einem Grab."

„Ja, genau da hast du ihn, den Staub der Zeit. Damit kommst du schon ein schönes Stück weit. Streu ihn nur aus!"

Das Sternenkind griff in seine Hemdchentasche, holte mit den Fingerspitzen etwas von dem Staub heraus und streute ihn auf die Zeitstäbe. Sofort hob sich ein blauer Vorhang, der über und über mit Sternen übersät war, und ein Raum öffnete sich, in dem Sternenstaub und Plasma umherwirbelten. Ein Netz aus Protonen legte sich über das Kind, fing es ein und zog es hinaus in diese Welt. Sein Körper sauste durch entstehende Galaxien, die sich nach außen stülpten und nach innen kreisten. Der Raum war mit einem Gitter ausgelegt, an dem Neutronenklumpen fest hingen. Vieleckige Gebilde aus winzigen, vibrierenden Fäden durchkämmten diese Welt und sammelten alles ein, was rund war.

So rasch, wie diese Welt entstanden war, so schnell verschwand sie auch wieder.

„Dein Staub ist alle!", lachte der Wächter. „Du musst mehr davon streuen."

„Das werde ich nicht tun!", rief das Sternenkind, das ahnte, wie wertvoll dieser Staub war, und beschloss, zurück in sein Universum zu gehen und weiteren Staub zu holen.

Mit den Stäben einen Raum aufspannen konnte es nun schon sehr gut und so war es kurz darauf wieder in seiner Welt und suchte den Planeten mit den netten Siedlern ... aber deren Sonne war untergegangen und sandte kein Licht mehr in ihre Welt. Aus und vorbei!

Traurig legte es sich auf einen herrenlos herumziehenden Planetoiden und umarmte dessen Berge, schlief dann vor lauter Einsamkeit ein.

Das Sternenkind schlief einen tiefen Sternenschlaf und hastdunichtgesehen schnarchte es, so dass vorbeiziehende Kometen erschraken und wackelten. Sie verloren etwas von ihrem schmutzigen und eiskalten Staub und dieser rieselte auf das Kind. Als es erwachte, wollte es zuerst den Kometenstaub von seinem Hemdchen klopfen, besann sich dann aber, als die Berge ihm zuflüsterten, dass dieser Schmutz heilig und Milliarden Jahre alt sei.

„Wieder etwas Zeitstaub, hurra!", rief es und machte sich wieder auf den Weg zum Rande des Universums, in der Hoffnung, nun etwas weiter in das Nichts vordringen zu können. Doch weiter als eine kleine Ewigkeit kam es nicht ...

# Das Kind des Nichts

Das Sternenkind hatte nun alle seine Zeitstaubkörner verbraucht, stand mitten im Nichts und konnte weder vor noch zurück. Der Wächter des Nichts war nicht zu sehen und auch Rufen nach ihm nützte nichts.

„Ich bin wohl hier gefangen", klagte das Kind.

„Nein, bist du nicht. Ich bin doch da!", hörte es eine Stimme sagen und ein Kind, etwa so groß wie es selbst, zeigte sich. Es hatte einen langen, schwarzen Mantel um und funkelte mit seinen dunklen Augen wie die Sterne eines Universums. Es breitete seinen Mantel aus und flog um das Sternenkind herum.

„Wieso kannst du dich im Nichts bewegen?", wollte es wissen.

„Ich trage den Mantel der Zeit, bin darin eingehüllt und kann daher alles und jedes erreichen. Du hast nur ein paar Zeitkörner, die du auch nur vor dich her streuen musst ... daher warst du außerhalb der Zeit und ich bin innerhalb."

„Gib mir deinen Mantel", bat das Sternenkind und das Kind des Nichts zog den dunklen Umhang aus und teilte ihn in zwei gleiche Teile.

„Ich bin dein Freund und du wirst nie mehr alleine sein", sagte es, als es dem Kind den halben Mantel reichte.

Das Sternenkind hüllte sich in den Umhang und er passte genau. Nun konnte es zu den Räumen auch die Zeit öffnen und schwebte voller Vergnügen zurück zu seinem Universum.

# Das andere Universum

Zwar hielt das Sternenkind noch die Raumstäbe gekreuzt vor sich, als es sich auf den Heimweg machte, aber sonst brauchte es nichts zu tun, denn der Zeitmantel öffnete ihm den zeitlichen Raum. So kam es, dass es gar nicht merkte, wie es die Membran zu seinem Universum durchquerte. Kein Wunder auch, dass es ihm gar nicht auffiel, wie es seine ihm bekannten Galaxien durchflog und an ein anderes Ende seiner Welt kam. Hier gab es keine Haut, die die Materie vom Nichts trennte, hier war der Übergang fließend und fließend auch der Übergang zu einem anderen Universum. Das Sternenkind schloss im Dunklen die Augen und öffnete sie erst wieder, als es von Licht umfangen war. Ein wenig erschreckt stellte es fest, dass es wohl mitten in einem Stern gelandet war. Gefährlich, denn Sterne sind ja heiß! Doch dieses Exemplar fühlte sich eher kühl an und sein Licht war grün, zog sich zusammen und dehnte sich wieder aus. Dem Kind wurde es schwindlig und es wollte hinaus. Kein Problem, der Stern war durchlässig. Von außen sah er gar nicht gefährlich, sondern sehr hübsch aus: Eine grüne Kugel, die sich vergrößerte und verkleinerte und dabei hin und her tanzte. Ebenfalls grüne Planeten flogen auf einer gerade Linie hin und her und immer mitten durch ihre Sonne hindurch – dabei leuchteten sie hell auf, wenn sie in der Mitte ihres Sterns ankamen und kurz anhielten.

Das Sternenkind hielt seinen Zeigefinger in die Bahnlinie eines Planeten und dieser musste stoppen, leuchtete zornig rot auf, riss sich dann los und nahm seinen Weg wieder auf.

In einer weiteren Galaxie stapelten sich die Sonnen aufeinander und bildeten zusammen mit den ebenfalls gestapelten Planeten und ihren aufeinander gehäuften Monden eine Matrix, deren einzelne Elemente in verschiedenen Grüntönen blinkten.

Immer nur grün zu sehen ist nicht sehr lustig und so nahm das Sternenkind einen gehörigen Anlauf, sprang los und hoffte mit seinem Zeitmantel in ein weiteres Universum zu gelangen.

## Im Plasma

Die Haut zum Nichts zu durchstoßen, die Zeitstäbe zu kreuzen und den Zeitmantel fest um die Schultern zu ziehen, war das Sternenkind ja schon gewohnt, nicht aber in einer milchigen Brühe zu landen und von allen Seiten von kleinen Geschossen bombardiert zu werden. Es hielt die Arme vor das Gesicht, doch die Teilchen drangen trotzdem in Nase und Ohren, legten sich auf die Zähne und verklebten seine Augen. Eine schmierige Masse legte sich auf den Mantel der Zeit und auch die Stäbe wurden von dieser Substanz überzogen und ließen sich nicht mehr richten.

„Wasser! Ich brauche Wasser!", rief das Sternenkind und hoffte, damit die Schmiere abwaschen zu können, doch die Worte blieben in der trüben Suppe hängen. Allerdings – der Nebel mit den umherirrenden Teilchen geriet durch den verschluckten Schall in Bewegung, drehte sich und riss das Kind mit.

Bevor es die Besinnung verlor, wurde es von einer Hand gepackt und hinaus gezogen. Auf einem Kometen in seinem Heimatuniversum kam es wieder zu sich.

„Das war sehr leichtsinnig vorn dir!", schimpfte das Kind des Nichts. „Wenn ich nicht zufällig neben diesem Universum nach Raumstaub gesucht und dein Rufen gehört hätte, wäre es jetzt aus mit dir. Wie kannst du dich nur ins Plasma begeben, dem Stoff, aus dem die Sterne sind."

„Ich war im Plasma?", fragte das Sternenkind zurück.

„Ja, tief drinnen und es formten sich gerade die ersten Sterne. Du wärst mitten drin gewesen und nie wieder heraus gekommen, sondern jämmerlich verbrannt."

„... wenn du mich nicht gerettet hättest, ja, ich weiß schon!", antwortete das Sternenkind ärgerlich. „Gibst du nicht ein bisschen an?"

„Ich hätte dich im Plasma verschmoren lassen sollen!", beschwerte sich das Kind des Nichts, zog seinen halben Mantel fest um sich, verließ den Kometen und verschwand im Nichts.

Das Sternenkind ruhte sich aus, verschlief ein paar Hundert Lichtjahre und trieb mit dem Kometen um einen nicht zu hellen Stern herum.

# Wurzeln

Die Schatten der Nacht tanzten um seinen Kopf herum, drangen in Ohren und Augen und weckten das Sternenkind. Es zog seinen Mantel aus und schlug damit um sich, doch es dauerte eine ganze Weile, bis es die Plagegeister vertrieben hatte. An weiteres Ausruhen war nicht zu denken, denn der Komet schaukelte und rotierte bei seiner Sonnenfahrt. So sprang das Kind ab, kam ins Trudeln, trieb auf einen riesigen Planeten zu und hielt sich an einer seiner Bergspitzen fest. Unterhalb des Berges sah es Grünes und Blühendes. Durch die hellen Wolken flogen regenbogenfarbige, sechsbeinige Wesen und es lag eine Musik in der Luft, die ihm den Atem nahm.

„Wunderschön", flüsterte es und ließ sich in dem Grün nieder, bewunderte und streichelte die Pflanzen, die ihm entgegenlachten – und blieb!

Als das Sternenkind nach einiger Zeit einmal aufstehen und weitergehen wollte, fiel ihm das sehr schwer, denn es steckte im Boden fest. Lange, dünne Wurzeln führten von seinem Körper in das Erdreich und versorgten das Kind mit Nahrung und Wasser. Lachend setzte es sich wieder hin, spielte mit den Blumen und Käfern, schöpfte Regenwasser mit der Hand und sah in der Nacht den Sternen beim Strahlen und Blinken zu.

Später zog es den Mantel der Zeit aus und deckte damit bei Wind die Blumen zu. Mit den Raumstäben fixierte es zwei Baumsprösslinge, die nicht so recht wachsen wollten. Die Stäbe schlugen ebenfalls Wurzeln und öffneten weitere Räume mit Wiesen und Wäldern. Der Zeitmantel aber wurde von einer Windböe ergriffen und hoch in die Wolken geschleudert, wo die Flugwesen ihr ungestümes Spiel mit ihm trieben und ihn schließlich zerrissen.

# Eine hübsche Geschichte

Der Besucher schwieg, öffnete langsam die Augen, sah sich um, richtete sich auf, trank noch einen Schluck Wasser und sah den Hausmeister an.

„Eine hübsche Geschichte", sagte dieser und schaute auf die Uhr: 16.15 Uhr, „du lieber Himmel, schon so spät? Ich muss noch Farbe für die Maler bestellen und den Flur und die Straße fegen. Ach ja, so einen Zeitkittel hätte ich auch gerne ..."

Der Besucher stand auf, lächelte den Graukittel an, legte seine Hand auf dessen Schulter und meinte: „Sie waren sehr nett zu mir, das soll Ihnen gedankt werden", dann stieß er versehentlich an den Tisch, auf dem sein Gastgeber saß, ein Stift rollte herunter, der Hausmeister bückte sich, hob ihn auf, blickte auf ... der Besucher war verschwunden.

„Merkwürdig", brummte er, sah wieder auf seinen Chronometer: 13.30 Uhr zeigte er an, „wirklich sehr merkwürdig", murmelte er weiter, griff aber dann zum Telefon, bestellte die Malerfarbe und fegte dann besonders gründlich Hausflur und Straße. Dann blieb ihm sogar noch die Zeit, die Scheiben der Läden zu putzen. ‚Man kann sich ja auf die Fensterputzer nicht so recht verlassen', dachte er und polierte das Glas, dass es nur so blinkte und glänzte. Danach noch ein Anruf der Hausverwaltung, ob er denn die Türschlösser auf der zweiten Etage ausgewechselt hätte. Oh, vergessen, wie dumm! Aber noch Zeit, schnell die Schlösser besorgt und dann eingebaut. Um 16.30 Uhr war alles fertig. Der Hausverwalter kam vorbei, begutachtete, lobte, klopfte ihm auf die Schulter und eilte zum nächsten Haus, er hatte es ja so eilig, 13 Häuser zu inspizieren, schafft man ja kaum, nicht wahr?

Unser Hausmeister ging in sein Kellerbüro, zog seinen Kittel aus, legte sich auf die Pritsche, schaltete den Fernseher ein und genoss seinen Feierabend. Der ging viel zu schnell vorbei, schon war es Zeit zum Schlafengehen. Die Nacht eilte vorüber, der Morgen kam schnell, keine Zeit für ein Frühstück, nur rasch eine Zigarette (hey, Rauchen ist verboten!), den Kittel übergeworfen und ab nach oben, die Haustür für die Ladenbesitzer aufschließen. Dann fegen wie immer, Auskünfte geben, kontrollieren, die Zeit verflog: 7.45 Uhr. Wieso? Es müsste viel später sein! So ging es aber weiter, er arbeitete, machte seinen Job, kam ins Schwitzen, lief durch das Haus, war hier und da zur Stelle: 8.15 Uhr, immer noch Morgen. Erhitzt zog er den Kittel aus, arbeitete hemdsärmelig, nach kurzer Zeit war es 15.45 Uhr und er hatte einige Termine versäumt. Der Kohlenhändler wartete mit der Lieferung auf der Straße, ein Bäcker offerierte kostenlose Brötchenlieferungen und ob denn Interesse bestände, das Handy klingelte: 18.00 Uhr. Es war kühl geworden, der Kittel wärmte. Feierabend, der Hausmeister setzte sich auf die Treppenstufen des Hauseinganges. Die Sonne ging unter, sehr langsam, viel zu langsam, die Schatten wurden nicht länger und zum ersten Mal realisierte er, dass die Zeit fast stehen geblieben war: 18.02 Uhr.

‚Wenn ich hier sitzen bleibe, bleibt auch die Zeit sitzen.'

„Falsch gedacht!", sprach jemand in seine Gedanken. „Es hat mit Ihrem Kittel zu tun. Er ist zu einem

Zeitkittel geworden und schenkt Ihnen die Zeit, die Sie brauchen."

Vor dem Hausmeister stand der Besucher, der das Sternenkind gesucht hatte.

„Ich verstehe nicht ...", erwiderte der Graukittel.

„Die Details brauchen Sie auch nicht zu verstehen. Sie waren so nett zu mir und ließen mich das Sternenkind suchen", der Besucher lächelte freundlich.

„Naja, ich habe schon versucht, Sie zurückzuhalten", warf der Hausmeister ein.

„Ja, weil sie Angst um mich hatten, ich sagte ja schon, sie waren sehr nett zu mir. Später, als es mir nicht gut ging, brachten Sie mich in Ihr Kellerbüro, versorgten mich und hörten sich meine Geschichte an."

„Was ist daran besonderes?"

„Sie haben mir Zeit geschenkt und ich habe Sie dafür belohnt."

„Wie? Belohnt?", der Hausmeister lachte.

„Ja", sagte der Besucher, „ich fand das Sternenkind und den Mantel der Zeit. Beide brauchte ich nur zu berühren, um ihre Kräfte zu bekommen. Dann berührte ich Sie und Ihren Kittel, erinnern Sie sich?"

Der Hausmeister nickte.

„Nun, damit wurde Ihr Kittel zum Mantel der Zeit und schenkte Ihnen Zeit, wann immer Sie sie brauchten."

„Und wenn ich den Kittel auszog, kam ich wieder in Zeitnot", vervollständigte der Hausmeister die Erklärung des Besuchers. Dieser nickte.

„Aber das ist nicht alles, jeder, der wiederum Ihren Kittel berührt, bekommt ebenfalls von dieser Kraft etwas ab."

„Und Zeit geschenkt?"

Der Besucher nickte, hörte Schritte kommen, verabschiedete sich rasch und ging davon. Die herannahenden Schritte gehörten zum Hausverwalter, der lachend und gemächlich näher kam.

„Na? Feierabend?", fragte er. „Sie sind aber auch ein tüchtiger Mann und haben ihn verdient. Ich werde eine Gehaltserhöhung für Sie in Erwägung ziehen, vielleicht auch eine Beförderung, dann kommen Sie endlich aus diesem grässlichen grauen Kittel heraus."

„Nein, auf keinen Fall!", rief der Graukittel, aber das nützte ihm nichts, er fiel die Karriereleiter hinauf, wurde zum Assistenten des Hausverwalters ernannt, lief seither im Anzug herum und hatte schrecklich wenig Zeit ...

# Umgekehrt

„Manchmal", sinnierte der Rietmacher und Besitzer des linken Ladengeschäftes, „manchmal wirkt ja alles umgekehrt", bückte sich, hob einen Zigarettenstummel auf, der auf dem Boden des Hausflures lag, und betrachtete ihn von allen Seiten. Der Hausmeister, der den Flur fegte, fragte zurück: „Umgekehrt, wie meinen Sie denn das?"

„Nun, ja", antwortete der Ladenbesitzer, „es dreht sich halt alles um, so wie sich die Pole eines Magneten umkehren können oder die Pole der Erde. Das ist im Laufe der Erdgeschichte schon vorgekommen, aus dem Nordpol wurde der Südpol und aus dem Südpol der Nordpol."

Der Hausmeister bückte sich und fegte mit Handbesen und Kehrschaufel den Dreck zusammen. Der Rietmacher warf den Zigarettenstummel gekonnt und mit Schwung auf die kleine Schaufel.

„Und was soll das für Auswirkungen haben?", fragte der Graukittel mit der Kehrschaufel in der Hand.

„Wenn sich die Pole umdrehen, dann dreht sich bei uns auch alles um. Häuser stehen dann auf ihren Dächern, Straßenbahnen fahren durch Häuser statt über Straßen, solche Dinge halt."

„Hab ich noch nie von gehört", brummte der Hausmeister.

„Es passiert ja auch nicht oft! Wann kehrt sich schon mal ein Kraftfeld um? Aber es können auch andere Dinge dabei passieren, also dass Festes durchlässig wird."

„Und Flüssiges fest?", fragte der Hausmeister, der auch etwas Kluges zu dieser merkwürdigen Unterhaltung beisteuern wollte.

„Ja, das auch ...", antwortete der Rietmacher gedehnt.

„Aber das hat man doch auch, wenn Wasser gefriert", lachte sein Gegenüber und die Kehrschaufel wippte in seiner Hand, dass der Zigarettenstummel hinunterfiel. Er versuchte dem weiteren Gespräch zu entfliehen und ging mit seinen Reinigungsgeräten und vorsichtigen Schritten in das Innere des Hauses.

„Oh!", der Rietmacher hielt ihn an der Schulter fest, „Umkehrung bedeutet aber auch, dass die Elektronen in den Atomkern wandern und die Neutronen und Protonen aus dem Inneren herausgeschlagen werden und nun ihrerseits um den Kern schwirren, im Orbital, Sie verstehen!"

„Nein", sagte der Hausmeister, „versteh ich nicht! Was ist denn ein Orbital?"

„Ein Orbital ist doch eine Wolke, die Elektronenwolke!", belehrte der Ladenbesitzer.

„Na gut, aber was soll dann sein, wenn das passiert?", fragte der Hausmeister und begriff nichts.

„Dann kehren sich die Schwereverhältnisse und überhaupt alles um."

„Aha, und was wird dann aus Stein?", wollte der Hausmeister wissen und wunderte sich, dass ihn ein Rietmacher über Physik aufklärte.

„Er klärt Sie gar nicht auf", sprach ein Mann, der eben in den Flur gekommen war, in seine Gedanken

95

hinein, „was dieser Mann behauptet, kann gar nicht eintreffen, denn es gibt ja die starke und die schwache Kernkraft, die das verhindert. Sollte das passieren, dann wären ja zwei der vier physikalischen Gesetze, die in unserem Universum herrschen, aufgehoben und damit das All nicht mehr existent, in dem Sinne, wie wir es kennen. Uns gäbe es dann auch nicht mehr und unsere Fragen würden sich in Rauch auflösen. Gestatten, Julius!", stellte er sich vor, lupfte seinen Hut und schritt an den Männern vorbei in das Treppenhaus.

„Und so was kann doch jederzeit passieren!", rief der Rietmacher böse hinter ihm her. „Ich werde es Ihnen beweisen!", lief in sein Geschäft und schlug die Tür hinter sich zu, dass die Fensterscheiben krachten.

Der Besucher rief vom zweiten Stock herunter:

„Glauben Sie ihm nicht, das ist wirklich völliger Unsinn, was er da erzählt! Ich weiß Bescheid, ich bin nämlich Physiker!", reckte seine Nase in den Himmel und stieg weiter die Treppe hinauf.

Der Hausmeister sah ihm hinterher, spürte ein leises Beben unter seinen Füßen und da war es auch schon passiert: Das Haus hatte sich umgekehrt und stand auf seinem Dach. Natürlich kehrten sich Hausmeister und Bewohner nicht mit um, sie standen auf den Decken des Flures und der Räume, verblüfft, verunsichert und wussten nicht, was sie nun machen sollten. Der Hausmeister beschloss, das zu tun, was er immer tat, er fegte den Boden des Hausflures. Sehr recken musste er sich, aber er kam mit dem Besen an den Boden (der ja nun eigentlich die Decke war). Tapfer fegte er bis zum Feierabend.

Auf der Decke seines Geschäftes aber tanzte der Rietmacher wie Rumpelstilzchen herum: „Ich habe es ja gesagt! Ich habe es ja gesagt!"

Lange konnte das Haus nicht auf seinem Dach stehen, Zwar sackte die Spitze – unter Einwirkung der Schwerkraft – ins Erdreich und sorgte so für eine gewisse Stabilität, aber dann neigte sich das Gebäude langsam – sehr langsam und das war sein Glück – nach links und landete sanft auf seiner langen Seite auf der Straße, ohne dass sonderlich viel zerbrach. Technisches Hilfswerk und Feuerwehr hoben es mit großen Kränen wieder in die richtige Position und schoben es an seine alte Stelle zurück und alles war wieder Ordnung. Oder?

„Na, haben Sie es gesehen?", feixte der Rietmacher. „Was sagen Sie jetzt?"

„Ach", brummte der Hausmeister, „so etwas passiert doch alle Tage."

„Es gibt aber auch noch andere Umkehrung, aus schwarz wird weiß und aus weiß schwarz", lachte der Ladenbesitzer und das geschah: Mit einem ‚peng' zerbarst eine Glühbirne und das Licht im Flur ging aus.

„Sehen Sie?"

„Quatsch, eine Birne ist kaputt gegangen. Ich werde sie auswechseln", meinte der Hausmeister und wollte in den Keller stiefeln, um diesen Ersatz zu holen, doch es war überall dunkel geworden, dafür leuchteten vorher dunkle Gegenstände in strahlendem Weiß. Er tastete sich hinaus auf die Straße, Dunkelheit auch hier, eine erloschene Sonne stand am

Himmel. Da stand er nun, mit weißen Haaren und schwarzer Haut und rief: „Ich sehe nichts mehr!"

„Umkehrung", lachte der Rietmacher und tappte durch die Finsternis in seinen Laden.

Der Hausmeister tastete sich ins Haus zurück, da erwischte ihn die nächste Umkehrung: Alles Undurchlässige wurde durchlässig. Er bemerkte es schmerzlich, als er sich im Hausflur erschöpft gegen die Wand lehnte und im Blumenladen landete.

„Verzeihung!", murmelte er und das war auch schon eines seiner letzten Worte, denn der Boden unter ihm wurde ebenfalls durchlässig und er sauste hinunter in den Keller und von dort aus immer tiefer bis zum Mittelpunkt der Erde.

„Hilfe!", rief er noch. „Hilfe!" Dann wurde es Nacht um ihn.

Er erwachte auf dem Boden des Hausflures, der Rietmacher kam aus seinem Geschäft, beugte sich über ihn und fragte: „Was ist mit Ihnen? Ist Ihnen nicht gut?", hakte ihn unter und brachte ihn in sein Geschäft, setzte ihn dort auf einen Stuhl und bot ihm ein Glas Wasser an. Der Graukittel sah sich um, ja, es war alles wieder wie früher, das Helle war hell und das Dunkel dunkel. Er tastete den Stuhl ab, auf dem er saß, und fühlte festes Holz – offensichtlich stand das Haus auch richtig herum. Dankend nahm er das ihm gereichte Glas und nahm einen tiefen Zug, spukte das Wasser aber sofort wieder aus: „Das ist ja kochend heiß! Haben Sie nicht einen kalten Schluck für mich?"

„Die Mineralwasserflasche habe ich doch gerade erst aus dem Kühlschrank geholt", rechtfertigte sich Rietmacher und schaute auf das Glas, in dem das Wasser blubberte und kochte. Auch die stählerne Ladentheke glühte rot, das Holz der Regale glimmte, dafür hingen Eiszapfen an den Glühbirnen.

„Ich glaube", sagte der Rietmacher nachdenklich, „das ist die vierte Umkehrung."

„Alles Kalte wird heiß und das Heiße wird kalt", vervollständigte der Hausmeister und der Geschäftsmann nickte.

Das glimmende Holz fing nun an zu brennen, das Glas des Ladenfensters zersprang, es wurde gefährlich im Laden.

„In den Kühlschrank", rief der Rietmacher.

„Unsinn!", schrie der Hausmeister, „ab in die Heizung!"

Bald glühte der ganze Laden, Flammen schlugen aus, konnten sich aber nicht weiter ausbreiten, weil die tief gefrorenen Heizungsrohre das Feuer stoppten. Die beiden Männer wagten den Sprung durch das Ladenfenster nach draußen. Der helle Sommertag hatte sich in einen kalten Wintertag verwandelt, es schneite und fror. Sie sanken zu Boden, zitternd, erfrierend.


Jemand rüttelte den Hausmeister: „Hallo, wachen Sie auf!"

„Haben Sie diese Tabletten alle genommen?", fragte der Notarzt und schaute sich die Verpackungen an, die auf einem Schränkchen neben der Pritsche lagen

„Ja", nickte der Hausmeister, matt vom Fieber und gezeichnet von der Grippe.

„Nun, manchmal heben sich die Wirkungen gegenseitig auf oder verstärken sich und manchmal wirken Medikamente auch ...", meinte der Doktor nachdenklich.

„... umgekehrt?", fragte der Hausmeister atemlos.

„Ja, das kann vorkommen, wenn auch selten, dafür aber mit ungeahnten und unvorhersehbaren Folgen", bestätigte der Mediziner. „Ich würde an Ihrer Stelle diese Medikamente nicht mehr nehmen. Kurieren Sie sich mit Orangensaft, Tee und Honig. Dann wird das schon wieder."

Einige Tage später wagte sich der Graukittel, noch zittrig und schwankend, nach oben in den Hausflur. Der Rietmacher kam aus seinem Laden und begrüßte ihn freundlich: „Na, wieder auf dem Damm?"

„Ja, und wie ich sehe, steht das Haus nicht mehr auf dem Dach und das Undurchlässig ist auch wieder undurchlässig", lachte der Angesprochene.

„Wie meinen Sie?", fragte der Ladenbesitzer, wich etwas zurück, grüßte noch kurz und verschwand durch seine Ladentür.

Der Hausmeister ging durch das Haus, prüfte hier die Konsistenz der Wände und dort die Festigkeit des Bodens und beschloss, alles zu vergessen ...

# Herbst

„Was ist das denn hier für ein Dreck?", der Hausverwalter, der nach dem Rechten sehen wollte, hob einen Fuß hoch und hielt dem Hausmeister die Unterseite des Schuhes hin. „Alles voller nasser Blätter, mein Schuh ist praktisch hin. Wieso fegen Sie denn nicht?" Dann eilte er weiter ins Haus. Der Hausmeister, der schon den ganzen Tag mit Fegen beschäftig gewesen war, seufzte, schaute nach oben, schüttelte den Kopf und fegte weiter.

Nach einer halben Stunde lief der Hausverwalter die Treppe hinunter und rutschte aus.

„Blätter, nichts als nasse Blätter!", rief er, stand auf und hielt sich das rechte Knie. Dann humpelte er zur Kellertür und rief den Graukittel: „Sie haben den Hausflur ja immer noch nicht gesäubert. Ich bin ausgerutscht und habe mir das Knie verdreht. Sie kommen für den Schaden auf, da können Sie sicher sein!"

Aus dem Keller aber kam kein Laut und keine Reaktion.

„Wo ist dieser Bursche nur", schimpfte der Verwalter, rief ein Taxi und ließ sich in eine Arztpraxis fahren. Als er nicht mehr zu sehen war, wagte sich der Hausmeister wieder hinauf in den Flur. Sprachlos sah er auf den sehr verdreckten Fußboden: „Aber ich habe doch eben erst ..."

„Gefegt? Ha, das sollten Sie aber mal schleunigst machen. Es kann ja so viel passieren. Stellen Sie sich nur einmal vor, wenn eine ältere Dame – vielleicht mit einer neuen Hüfte – hier ausrutscht. Da können

Sie lebenslang zahlen. Oder sind Sie versichert? Ist das Haus hier gut versichert?", sinnierte einer der Geschäftsleute, die hier ihren Laden hatten.

,Versichert?', überlegte der Hausmeister und schaute wieder nach oben. Das Dachgeschoss lag, wie gewöhnlich, in einem wabernden Nebel. Er stieg langsam die Treppenstufen hinauf: Erste Etage, zweite, dritte, nun wurde es ungemütlich. Ein Wind blies sehr kalt von oben, Regentropfen klatschten auf seinen Kopf und durchnässten seinen Kittel, Blätter wirbelten herunter und tanzten um ihn herum. Er stieg noch höher – das Treppenhauslicht konnte den Nebel nicht durchbrechen. Der Hausmeister kniff die Augen zu einem Schlitz zusammen, war aber bald in völliger Dunkelheit gefangen. Der heftige Wind zerrte nun an seiner Kleidung, die Nässe kühlte seine Hände aus, so dass er sich nur noch mit Mühe am Geländer festhalten konnte. Nun flogen Zweige und Äste herab, kleine Steine, Sand und Kies. Die Treppe senkte sich unter ihm in die Horizontale. Er begriff, ließ sich nach unten fallen und landete auf dem Plateau des dritten Stockes.

„Die Treppe könnten Sie auch mal wieder fegen!", herrschte ihn dort ein Mieter an. „Man ruiniert sich ja das Schuhwerk!"

Der Hausmeister hetzte die Treppe hinunter und suchte Schutz in seinem Kellerbüro, verarztete seine Wunden und fiel dann in einen unruhigen Schlaf.

In dieser Nacht schloss sich das Dach. Am Morgen aber blies von oben wieder ein Wind in das Haus und wehte die Blätter auf die Straße.

„Warum wird hier nicht gefegt?", maulte ein Passant. „Gibt es hier keinen Hausmeister?"

„Doch", antwortete der Graukittel, gezeichnet von der schlechten Nacht, schnappte sich den Besen und fegte das Laub zusammen.

„Na, endlich! Sehr schön sauber ist es hier. Das haben Sie prima gemacht", lobte der Hausverwalter, der am Nachmittag zu einem Kontrollgang kam.

Er zückte sein Portemonnaie und gab ihm zur Belohnung ein 10-Cent-Stück. „Warum sind Sie nicht immer so gründlich?"

„Das liegt am Dach", antwortete der Graukittel, „wenn es auf ist, weht so viel Schmutz herein."

„Ein offenes Dach? Was reden Sie denn für einen Unsinn?"

„Meinen Sie?", war die langsame Antwort. „Kommen Sie doch mit!"

Die beiden Männer stiegen die Treppe hinauf, von der ersten bis zur dritten Etage und gelangten in das Dachgeschoss.

„Guten Tag", grüßte ein junger Mann freundlich, der aus einer der kleinen Wohnungen kam, Bücher unter dem Am, Brille auf der Nase.

„Hallo", sagte eine junge Frau, Zeichenmappe und Stifte in der Hand.

„Studenten", lächelte der Verwalter, „ach, ja, ein schönes Leben!"

Dann blickte er nach oben, Pflicht ist Pflicht, kontrollierte den Giebel und das Dachfenster, nickte und meinte: „Alles in Ordnung!" Nun sah er den Hausmeister mit einem langen Blick an.

Ein paar Tage später erhielt der Graukittel die Kündigung – und es wurden ein paar neue Besen angeschafft ...

# Die Frau

Am frühen Morgen, kaum hatten die Ladengeschäfte des Hauses geöffnet, ging eine Frau durch den Hausflur, zu Boden schauend, als würde sie etwas suchen, und durchschritt die innere Haustür. Weißblondes, grau durchsetztes Haar, flatternde Kleidung, müder Blick, so stand sie dann auf den unteren Treppenstufen der ersten Treppe und schaute nach oben

„Suchen Sie jemanden?", fragte der Hausmeister freundlich.

„Ich suche meinen Stern", antwortete die Frau und blickte weiter suchend durch das Treppenhaus nach oben zum Dach, welches wie immer in einem wabernden Nebel lag, „kann aber gar nichts sehen. Ich komme heute Abend wieder." Sie drehte sich um und verließ das Haus. Die Luft blieb ein wenig in Bewegung und dort, wo sie gestanden hatte, ging ein leiser Hauch.

Am Abend erschien sie wieder. Die Geschäfte schlossen gerade, ein eiliges Hin und Her wirbelte im Hauseingang und so gelangte sie fast unbemerkt ins Hausinnere, stand bald wieder auf den ersten Treppenstufen und schaute über das Geländer gebeugt nach oben. Der Nebel hatte sich etwas gelichtet, das Dach des Hauses war dabei, sich auseinander zu ziehen, und sie reckte den Kopf, um besser sehen zu können. Stufe für Stufe stieg sie nach oben, immer wieder hinauf schauend und sich am Geländer festhaltend. In der zweiten Etage begegnete sie dem Hausmeister.

„Suchen Sie jemanden?", fragte er wieder.

„Ich suche meinen Stern", wiederholte die Frau.

„Hier wohnt aber keiner mit dem Namen, Stern' ", antwortete dieser, „Sie müssen sich in der Hausnummer geirrt haben."

„Da oben", die Frau deutete zum Hausdach", da oben ist mein Stern, ich weiß aber nicht genau wo, muss ihn suchen", damit ging sie die Treppe weiter hinauf.

„Halt!", rief der Hausmeister. „Da können Sie nicht hin. Sie dürfen nicht weiter als bis zum dritten Stockwerk gehen!"

Doch die Frau hörte nicht und stieg weiter Stufe um Stufe die Treppe hinauf, immer wieder nach oben blickend. Die Reste des Nebels umwaberten schon ihren Kopf, aber oben blinkten und lockten die Sterne der heraufziehenden Nacht.

Der Hausmeister hechtete die Treppe hinauf, packte die Frau an den Armen und wollte sie mit sich nach unten ziehen, die Treppenstufen hinab. Die Frau schüttelte ihn ab und ging weiter nach oben, verschwand im Nebel und flog zu den Sternen.

Schwitzend ging der Hausmeister nach unten in sein Kellerbüro und wartete tagelang auf eine Meldung der Polizei: Frau vermisst!

Einige Tage später waberte der Nebel des Daches bis hinunter auf die zweite Etage. Der Graukittel stürzte hinauf, riss Fenster und Wohnungstüren auf, um ihn zu vertreiben. Als er sich verzogen hatte, stand auf einer Treppenstufe die Sternenfrau.

„Haben Sie ihren Stern gefunden?"

„Nein, es gibt ja so viele da draußen", erwiderte die Frau mit Tränen in den Augen.

„Was für ein Stern sollte es denn sein?"

„Mein Stern. Jeder Mensch hat doch seinen Stern."

„Sie meinen, jeder Mensch hat seinen Schutzengel. Von einem eigenen Stern habe ich noch nie gehört."

„Wir kommen von den Sternen und gehen zu den Sternen, Sternenstaub sind wir alle."

Der Hausmeister holte seinen Besen und fegte die Treppe: „Staub? Wir sind kein Staub, der Dreck liegt hier und wird herein getragen."

„Sternenstaub, wir sind alle aus Sternenstaub gemacht, und wenn wir sterben, zerfällt der Körper, aber die Seele formt sich zu einem Stern."

„Sie sehen aber noch sehr lebendig aus", lachte der Graukittel und fegte mit Handbesen und Kehrschaufel den Schmutz zusammen. Es staubte ein wenig.

„Ich suche meinen Stern", wiederholte die Frau.

Der Graukittel hielt inne und sah die Frau an: „Sie suchen einen Verstorbenen?"

Nicken.

Die merkwürdigen Ereignisse, die Menschen, die die Treppe hinaufgegangen und nicht wiedergekommen waren, das offene Dach, der Nebel, die Sterne … der Hausmeister verstand.

„Kommen Sie", forderte er die Frau auf, „das hier ist nichts für Sie. Sie sind viel zu lebendig. Das Leben ist noch lange nicht für Sie zu Ende."

Damit zog er sie in sein Kellerbüro, brühte ihr einen würzigen Pfefferminztee auf, arbeitete Bürokram ab und saß so mehrere Stunden bei ihr. Dann führte er sie nach oben und auf die Straße ins Sonnenlicht.

„Dieser Stern ist für Sie zuständig", sagte er ihr lächelnd und deutete zum Himmel, „nicht die in der Nacht!"

Die Frau bedankte sich und ging nach Hause. Ihr weißblondes Haar glänzte im Sonnenlicht und ihre Seele warf einen fröhlichen Schatten.

# Nein!

„Oh, wie fegen Sie denn? Darf ich mal?", die Frau nahm dem Hausmeister den Besen aus der Hand und fuhr mit kurzen, gezielten Strichen über den gefliesten Eingangsflur. Sie lachte den Mann dabei an und drückte ihm schließlich den Feger wieder in die Hand: „Hier, versuchen Sie es mal so!"

Der Graukittel versuchte es und siehe da, das Fegen ging viel leichter und effektiver von der Hand.

„Danke! Sie wieder hier? Suchen Sie wieder ihren Stern?", fragte er dabei.

„Nein, ich habe anderes zu tun", war die Antwort.

„Hausmeistern das Fegen zu erklären?", fragte der Graukittel und kniff fröhlich seine Augen zusammen.

„Ich kann Ihnen auch beim Fensterputzen helfen. Das ist doch heute dran, oder?", die Frau zauberte aus ihrem Umhängebeutel mehrere Stofflappen.

„Gerne, Hilfe ist mir immer willkommen", hoffte der Hausmeister auf einen netten Flirt.

Ein kleines Auto kam herangebraust, ein junger Mann stieg aus, einen Karton mit einer dampfenden Ware in der Hand, sprang ins Haus und rief in das Treppenhaus: „Pizza!"

Eine Stimme rief von oben: „Kommen Sie nur herauf, vierter Stock!"

„Nein!", die Frau schrie, riss dem Mann die Pizza aus der Hand, warf sie zu Boden und den Jungen aus dem Haus. „Schnell, fahren Sie los!"

Der junge Mann tat wie ihm geheißen und fuhr mit dem Auto an, als wären Teufel hinter ihm her. Die Frau wischte sich über die Stirn: „Geschafft!", sagte sie leise zu sich selbst.

„Was ist denn mit Ihnen los? Gönnen Sie anderen keine Geschäfte? Oder wollten Sie die Pizza selber essen?", der Hausmeister hob den Karton auf, aus dem Öl heraus floss.

„Greifen Sie nur zu, diese Pizza wird nicht mehr gebraucht", meinte die Frau und beide gingen in das Kellerbüro, um sich dem Genuss der fettigen italienischen Köstlichkeit hinzugeben. Danach brühte der Graukittel noch einen Cappuccino auf und lange Gespräche verkürzten den Arbeitstag.

„Myriam, ich bin da! Kommst du herunter zum Spielen?", rief ein kleines Mädchen mit nicht mehr ganz sauberen Jeans aus dem Treppenhaus hinauf zu einer oberen Etage.

„Nein, ich bin krank. Komm du herauf!", erklang ebenfalls eine Mädchenstimme von weit oben und das Kind lief die ersten Treppenstufen hinauf.

„Nein!", die Frau stürmte aus dem Kellerbüro, lief hinter dem Mädchen her, ergriff es an den Schultern und schubste es die Treppe hinunter, dass es fiel.

„Au!", heulte es und hielt sich das Knie.

„Du bist viel zu schmutzig! Geh nach Hause und zieh dir eine saubere Hose an!", befahl die Frau in so einem strengen Ton, dass das Kind wortlos aufstand, sich die Tränen abwischte und aus dem Haus lief.

„Haben Sie auch etwas gegen Kinder?", fragte der Hausmeister.

„Im Gegenteil", erwiderte die Frau und verließ gruß-
los das Haus. Am nächsten Tag, beim Frühstück, las er in der Zeitung:

*Pizzabote kam knapp mit dem Leben davon. Eine bau-
fällige Brücke stürzte nur wenige Sekunden, nachdem er sie überquert hatte, ein.*

\* \* \*

*Mädchen entging knapp einer Entführung. Ein Unbe-
kannter zog eine Achtjährige in sein Auto. Das Kind öffnete jedoch beherzt während der Fahrt die Auto-
tür und sprang aus dem Wagen. Es kam mit leichten Blessuren davon.*

# Es lebt!

Ostern! Hauptgeschäftszeit für die Blumenhändler. Im Blumenladen des Hauses wimmelte es von Geschäftigkeit, die Inhaber liefen hin und her und Lieferanten aus und ein. Ein älterer Mann mit einem Kasten voller getopfter Hyazinthen schwankte ein wenig, als er versehentlich angestoßen wurde, schloss die Augen und lehnte sich an die Wand des Eingangsflures – allerdings nur kurz, dann zuckte er erschreckt zurück: „Da bewegt sich etwas!", rief er.

Was denn wäre, wurde er gefragt, ob ihm nicht gut sei und man einen Arzt rufen solle. „Nein, nein", erwiderte er, „es geht schon, nur die Wand ..."

„Was ist mit der Wand?", fragte der herbeigeeilte Hausmeister und untersuchte sie mit seinen Augen.

„Anfassen!", forderte der Lieferant ihn auf. „Sie müssen sie anfassen, legen sie ihre Hand darauf", ergriff die Hand des Graukittels und legte sie flach auf die Stelle, an der er eben noch gelehnt hatte. Der Hausmeister riss die Augen auf und röchelte und flüsterte: „Da pulsiert etwas."

Der alte Mann nickte: „Ja, genau das habe ich auch gefühlt. Wie ein Herzschlag, nicht wahr? Ich glaube, die Wand lebt."

„Sie sind ja nicht ganz gescheit!", schimpfte der Ladenbesitzer. „Machen Sie hier doch nicht die Leute verrückt. Morgen ist Ostern, es ist noch viel zu tun. Gleich kommen die Kunden. Sollen die Ihren Unsinn hören? Mein Geschäft ..."

Der Lieferant hörte nicht auf das Jammern, sondern sprach auf den Hausmeister ein: „Wollen wir nicht

112

die Wand aufstemmen? Ich meine, man muss doch nachsehen. Vielleicht ist jemand eingemauert?"

Wieherndes Lachen, die Umstehenden amüsierten sich köstlich.

„Diese Wand steht seit mehr als 40 Jahren", der Hausverwalter, eilig gerufen, hielt ein Dokument in den Händen. „Hier sehen Sie, das sind die Pläne des Architekten und es ist nichts von einem Hohlraum oder so vermerkt."

„Ein Hohlraum! Mann, Sie sind ja klasse!", rief der Lieferant. „Das kann es sein und darin versteckt sich jemand."

„Völliger Blödsinn!", meinte der andere Ladenbesitzer. „Ein Hohlraum in einer Wand ... Schwachsinn, Quatsch. Wo soll der Sinn sein? Und wenn es ihn gibt, dann hockt ganz gewiss kein Mensch darin."

„Aber vielleicht ein Tier? Eine Katze oder eine Ratte?", überlegte einer der Umstehenden.

„Man muss das Tierchen retten!", warf eine Frau ein und die anderen stimmten lauthals zu.

Nun wurden Stemmeisen und Spitzhacke geholt. Machtlos sahen Hausmeister und Verwalter zu, wie mehrere starke Männer auf die Wand einhieben. Farbe und Putz verteilten sich schon bald auf dem Boden. Kunden, Lieferanten, Hausbewohner und neugierige Passanten, die sich hereingeschmuggelt hatten, schauten zu und versperrten den Eingang. Nun bröckelte Gestein, brach ein Holzbalken, Mörtel zerbröselte unter der Gewalt und legte sich als grauer Staub auf Haut und Haare der Anwesenden. Ein dichter Nebel hüllte bald darauf den

Hausflur ein, niemand konnte mehr die Hand vor Augen sehen, doch immer noch hieben sie auf die Wand ein – so glaubten sie. Blind vor Staub und Eifer zerhackten sie Gestein und, was sich ihnen in den Weg stellte: Hartes und schließlich Weiches. Die rechte untere Seite des Hauses wurde zum Trümmerfeld und das Gebäude senkte sich bedenklich und sehr schief nach rechts. Passanten rannten um ihr Leben, Polizei, THW und Feuerwehr kamen mit schwerem Gerät und versuchten, das Haus abzustützen und Menschen aus dem Schutt zu retten. Man fand nur wenige Überlebende und diese machten einen zerstörten Eindruck. Sie sprachen und riefen durcheinander:

„Es lebt!"

„Lebt es?"

„Retten, man muss das Tierchen retten!"

„Es pocht. Ein Herz."

„40 Jahre, kein Hohlraum."

„Hohlräume, überall sind doch Hohlräume!", rief der gerettete Lieferant.

Hatte er Recht? Was meinen Sie?

# Kinderzeiten

Auf dem Bildschirm des Laptops ein Gewimmel von Zahlen und Aufführungen wie Reinigungsmittel und Besen. Der Hausmeister saß in seinem Kellerbüro und tippte die Monatsabrechnung ein. Dazu eine Aufrechnung von Arbeitsstunden: Pro Tag acht Stunden Dienst plus acht Stunden Bereitschaftsdienst und acht Stunden indirekter Bereitschaft, denn man konnte und sollte ihn auch nachts bei Bedarf aus dem Schlaf wecken können. Er schlief in seinem Kellerbüro und war jederzeit für jedermann zur Stelle. Der Hausmeister beendete die Abrechnung und verschickte sie per E-Mail an die Hausverwaltung. Dann schloss er den PC, erhob sich, reckte und streckte sich – der Rücken, Sie wissen schon – und ging langsam nach oben, um ein letztes Mal vor Arbeitsschluss (den es für ihn ja eigentlich nicht gab) die Straße vor dem Haus zu fegen. Es wurde schon dunkel und die Menschen eilten auf dem Bürgersteig entlang, um nach Hause zu kommen oder noch rasche Besorgungen zu machen. Ein kleines Mädchen lief an dem Graukittel vorbei, hüpfte über den Besen und sprang in den Hausflur.

„Wo willst du denn hin?", fragte der Hausmeister, er hatte das Kind noch nie gesehen.

„Ich wohne hier", sagte die Kleine und spielte Hüpfekästchen auf den Fliesen des Hausflures. Das graue Röckchen wippte im Spiel und die Zöpfe flogen.

„Ich habe dich hier noch nie gesehen, wer sind denn deine Eltern?", fragte der Hausmeister.

„Ich wohne hier", wiederholte das Mädchen, „ich bin sogar hier geboren. Das hat mir meine Mama erzählt." Dann nahm es einen seiner Zöpfe, steckte das Ende in den Mund und lutschte an den Haaren.

„Wann bist du denn geboren?", wollte der Graukittel wissen, dem keine Familienfeste wie Hochzeit, Geburtstag oder Taufe im Haus entgingen.

„Am 15. April 1950", lachte das Kind ihn an, „und ich bin schon in der Schule."

„1950? Wir haben das Jahr 2020, wie kannst du ein Kind sein?", wollte der Hausmeister sagen, aber aus seinem geöffneten Mund kam kein Ton.

„Ich bin sieben Jahre alt, guck mal, soviel", das kleine Mädchen hob seine rechte Hand mit fünf ausgestreckten Fingern hoch und dazu noch seine linke Hand, an der sich zwei Fingerchen emporreckten.

„Ja, ja, sieben", krächzte der Hausmeister.

„Ich muss jetzt nach oben", sagte das Kind, „ich darf nämlich noch Schularbeiten machen, obwohl, es sind nur Kreise, die ich malen soll und dann zählen. Kreise, zwei und drei und vier und eins, immer Kreise. Pfannkuchen sagt meine Lehrerin dazu, das finde ich ja so affig! Ich schaue immer, was mein Bruder rechnet, der ist in der vierten Klasse. Ich möchte gerne weiterzählen, noch viel weiter als zehn und zwanzig und hundert und tausend. Weißt du, wie viele Zahlen es gibt?"

„Ich glaube", stotterte der Hausmeister, „ganz furchtbar viele, die kann kein Mensch zählen."

„Wie die Sterne am Himmel, „rief die Kleine, „die kann auch keiner zählen."

Von oben erklang eine Stimme: „Komm rauf, das Abendessen ist fertig!"

Der Graukittel erschrak, aber das Mädchen beruhigte: „Das ist nicht meine Mama, meine Mutter hat eine ganz andere Stimme und außerdem habe ich schon bei meiner Oma gegessen."

Das Kind hüpfte nun wieder auf den Fliesen des Flures, spielte und vergaß sein Gegenüber. Dazu sang es:

Ich wohne hier,
hier bin ich geboren.
Ich wohne hier und
werde immer hier bleiben,
denn das Haus
wird ewig stehen.

„Häuser stehen auch nicht ewig", brummte der Hausmeister und fegte die Straße weiter. Dort wurde er von Passanten angesprochen, er erteilte Auskünfte, einer der Ladenbesitzer kam heraus und wies auf die schmutzigen Scheiben seines Geschäftes.

„Ich bin doch kein Fensterputzer!", empörte sich der Graukittel.

„Aber für saubere Fenster im Haus verantwortlich", konterte der Geschäftsmann, „also bestellen Sie den Fensterputzer."

Befehl ist Befehl, er lehnte den Besen an die Hauswand, eilte in sein Kellerbüro und telefonierte mit der Gebäudereinigungsfirma. Zu spät, sein Anruf kam außerhalb der Geschäftszeit. Müde legte er den Hörer auf und wollte Feierabend machen, ging noch einmal nach oben, um die Haustüre abzuschließen. Die Geschäfte hatten geschlossen, die Passanten sich verlaufen und die Straßenlaternen waren auf halbe Kraft heruntergefahren.

Ihm fiel das Mädchen ein. Nun, sicher war es nach Hause gelaufen. Doch als er durch die innere Haustür schritt, fand er das Kind auf den Steinfliesen hocken, an die Wand gelehnt und weinend.

„Warum weinst du? Jetzt sag mir doch mal, wie du heißt und wo du wohnst", forderte der Hausmeister das Mädchen auf.

„Ich wohne doch hier", antwortete das Kind, „ich bin nach oben gelaufen, in den vierten Stock, aber da sind gar keine Wohnungen, da war nur ein Weg und die Treppe wurde flach. Ich habe meine Wohnungstür gesucht und Mama und Papa, aber da war gar nichts, es war nur dunkel. Die Treppe wurde immer flacher, da bin ich ganz schnell wieder runter gelaufen."

„Das hast du gut gemacht", lobte der Hausmeister und schüttelte sich ein wenig vor Unbehagen, denn ein kalter Luftzug streifte sein Inneres. „Dort darf niemand hinaufgehen und du musst jetzt nach Hause gehen."

„Ich bin schon nach Hause gegangen", flüsterte das Kind, stand auf, schloss die Augen, tastete sich zum

Hauseingang, drehte sich noch einmal und winkte. Durch die Tür waberte Nebel herein, umhüllte die Kleine und, als der Hausmeister hinzukam, war das Kind nicht mehr da. Er schloss die Haustür ab und ging zurück in seinen Kellerraum. Dann bereitete er sich auf der Kochplatte ein einfaches Abendessen zu und schaute dabei eine Dokumentation im TV an. Im Beitrag ging es um ungelöste Mordfälle der 50er Jahre. 1957 wurde ein kleines Mädchen getötet, der Täter wurde nie gefunden. Ein altes Foto des Kindes wurde gezeigt, ein Mädchen mit grauem Rock und langen Zöpfen. Ein Zopf-Ende hatte es im Mund und lutschte an den Haaren.

Einige Tage später, mittags, betrat eine Frau den Hausflur und schaute sich um.

„Suchen Sie jemanden?", fragte der Hausmeister, hilfsbereit wie immer. Die Frau sah ihn an, ihr langes Haar umrahmte ungebändigt ihr nicht mehr junges Gesicht.

„Ich habe hier einmal gewohnt", sagte sie und strich mit den Schuhen über die Fliesen des Hausflures. „Oben, im vierten Stock, in den 50er Jahren."

Der Hausmeister sah sie aufmerksam an.

„Was schauen Sie mich so an?", fragte die Frau und schloss die Augen und horchte nach oben. „Ich glaube, da ruft jemand."

„Ich habe Sie schon einmal gesehen", antwortete der Graukittel.

„Möglich", murmelte die Frau. „Ich habe hier einmal gewohnt."

„Hier?"

„Ja, vor 70 Jahren, ich bin sogar in diesem Haus geboren!"

Ein kalter Luftzug umwehte das Innere des Hausmeisters.

„Wann sind Sie geboren? Am 15. April 1950?", fragte er und fröstelte.

„Ja richtig. Das wissen Sie ja sehr genau", war die Antwort.

„Hier war vor kurzem ein kleines Mädchen und später sah ich im TV, dass es ermordet worden ist. Wenn Sie das waren, dann müssten Sie tot sein."

„Ach", sagte die Frau, „das war Seelenmord. Den kann man überleben."

Von oben rief eine Stimme: „Komm rauf, das Abendessen ist fertig!"

Beide sahen durch das Treppenhaus nach oben.

„Das ist nicht meine Mutter. Meine Mama hat eine viel hübschere Stimme", mit diesen Worten drehte sich die Frau um, schloss die Augen, tastete sich hinaus und verschwand.

# Bewegende Hausgeschichten

## Das wandernde Haus

Der Herbstwind wehte die Blätter der Stadtbäume auf die Straße und so ergriff der Hausmeister einen Besen, ging nach draußen und fegte sie vom linken Rand des Hauses zum rechten Rand und dann zur Mitte zusammen. Als er wieder am linken Hausrand war, entdeckte er einen kleinen Spalt zwischen dem Haus und dem Nebenhaus. Er konnte seinen Finger hineinstecken. Dieser Spalt war vorher nicht dagewesen, da war er sicher. ‚Hm, muss ich wohl mal beobachten', meinte er zu sich selber.

Rechts neben dem Haus war ein freier Platz, im Zuge von Straßenerweiterungsarbeiten war das Nebenhaus abgerissen worden und die Fläche wurde vorübergehend als Parkplatz genutzt.

Einige Tage später kontrollierte der Hausmeister den Spalt und musste feststellen, dass dieser sich auf die Breite von zwei Fingern vergrößert hatte.

Nach etwa einer Woche konnte er seinen ganzen Arm hineinstecken. ‚Das kann nicht gut sein', dachte er, ‚das Haus ist doch mit dem Nebenhaus durch Elektrokabel und Wasser- und Gasleitungen verbunden.' Er ließ das Fegen und den Besen sein und lief in den Keller, um die Stromkabel zu überprüfen. Ja, abgerissene Kabel hingen aus der Wand. Er klopfte die Mauersteine ab und tatsächlich, die linke Kellerwand klang hohl. Der Spalt!

„Da ist ein Hohlraum entstanden!", fluchte er. „Wie kann das denn passieren?" Ein Erdbeben? Nein, das hätte man doch gemerkt. Ein Erdrutsch? Nein, unmöglich, denn dieser Stadtteil war auf Felsen gebaut. Er rief die Hausverwaltung an. Der Verwalter kam.

„Schauen Sie sich diese Spalte an. Die war vor ein paar Wochen noch nicht da!", forderte ihn der Hausmeister auf, als sie zusammen vor dem Haus standen.

Der Verwalter schaute nach unten, schaute nach oben, tatsächlich waren etwa zehn Zentimeter Platz zwischen den Häusern.

„Völlig normal", meinte der Verwaltungsmensch, „ich weiß nicht, was Sie wollen! So ein Spalt muss doch sein, ist doch fast so, wie bei uns Menschen die Luft zum Atmen. Stellen Sie sich vor, wir haben hier ein Erdbeben. Dann fallen nicht gleich alle Häuser wie Kartenhäuser um. Also ich find's gut und ich meine, diese Spalte wäre immer schon dagewesen." Der Verwalter verabschiedete sich und ging zurück in sein Büro. Auch der Graukittel ging nachdenklich in sein Kellerbüro. Geistesblitz: Er holte seinen Fotoapparat und fotografierte die Spalte zwischen den Häusern, natürlich in der Höhe von 1,80 Meter, so groß, wie er halt war. Nun knipste er sie wöchentlich, immer donnerstags um 17 Uhr, vermaß sie zusätzlich und legte ein Diagramm mit diesen Daten auf seinem PC an. Die Fotos dienten dabei als Beweis und wurden eingebunden. Man konnte sehen, wie die Kurve des Diagramms ziemlich steil anstieg. Die Spalte wies nach einer Zeit von zwei Monaten eine Breite von

20 Zentimetern auf, nach drei Monaten war sie 27 Zentimeter breit und nach einem halben Jahr klaffte eine Lücke von einem halben Meter zwischen den Häusern. Die Zeit verging und die Lücke war nach einem Jahr fast einen Meter groß. Man konnte in diese Spalte hineingehen und kam auf den Hinterhöfen der Häuser heraus. Gleichzeitig war der Parkplatz rechts neben dem Haus um einen Meter kleiner geworden.

‚So geht das nicht', dachte der Hausmeister, ‚man muss das Haus aufhalten! Wenn man das nicht tut, dann hat es nach ein paar Jahren die andere Straßenseite erreicht, und wohin wird es weiterwandern? ...und weiß der Himmel, ob es diese Geschwindigkeit beibehält ...'

Wieder rief er den Verwalter an. Der lachte am Telefon: „Hach, Sie glauben, das Haus hat Beinchen und marschiert so einfach? Witzbold!", und legte auf.

Beinchen, Beine? Der Hausmeister kratzte sich am Kopf. Das könnte es sein!

Er verließ sein Büro und wanderte durch die Kellerräume auf der Suche nach ... ja, wonach? Nach Hausbeinen? Wo könnten diese Beine sein? ‚Sicher an den Ecken', dachte er und genau hier wollte er graben. Graben? Gut, wenn nicht der dicke Steinboden gewesen wäre. Bedenke, dieser Stadtteil ist auf Felsen gebaut. Hier musste also gestemmt und gebohrt werden. Ein Bohrhammer musste her, damit hämmerte er Löcher in den Felsen, genau an der Stelle, wo er die Beine vermutete. Doch der elektrische Hammer richtete nicht viel aus. Er besorgte sich aus einem Baumarkt ein größeres, kraftvolleres Gerät und machte sich an die Arbeit. Das Haus erbebte und erzitterte. Die Geschäftsleute liefen zusammen, die Kunden rannten aufgeschreckt umher, schließlich stürzten alle gemeinsam in den Keller und entdeckten den Hausmeister bei seinem Werk, mit bloßem Oberkörper, bedeckt mit Schweiß und Staub. „Ich suche nach den Beinen des Hauses!", brüllte er durch den Lärm seines Bohrapparates. Kopfschütteln standen die Menschen um ihn herum. Er stoppte den Bohrer. „Das Haus wandert, daher suche ich seine Beine, um es zu stoppen, denn wer weiß, wo wir sonst hinkommen."

Der Blumenladenbesitzer zog den Stecker des Bohrhammers, die anderen Geschäftsleute hakten den Hausmeister unter und brachten ihn in sein Kellerbüro. Dann wurde telefoniert und der Beinesucher kam in eine Klinik.

Er war schließlich fremdgefährdend, oder nicht? Er gefährdete die Sicherheit des Hauses und seiner Bewohner. Dass es genau umgekehrt war, zeigte sich erst Jahrzehnte später, denn niemand vermaß mehr den Spalt, der immer breiter und breiter wurde, niemand gebot dem Haus Einhalt. Nach 20 Jahren hatte es tatsächlich die Straße erreicht, wie der Hausmeister befürchtet und berechnet hatte. Es überquerte die Straße, hinterließ Schutt und Zerstörung, und wanderte zur Stadt hinaus. Der freie Platz wurde wieder bebaut, niemand fragte, niemand wunderte sich.

Der Hausmeister verbrachte den Rest seines Lebens in einer Anstalt und das neue Haus erhielt einen jungen, ehrgeizigen Hausmeister.

# Das schwebende Haus

Wandern ist eine Sache, schweben eine ganz andere. Das Haus bewegte sich, aber diesmal nicht zu Seite, sondern es hüpfte, eine Winzigkeit nur. Es hopste ganz kurz nach oben und dann sofort wieder nach unten, die Schwerkraft, Sie wissen ja. Die Geschäftsleute und deren Kunden bemerkten die Bewegung, wie in einem Fahrstuhl, der auf einmal durchsackt. Unangenehm! Mit der Zeit – wie bei allen Dingen, denen man nicht Einhalt gebietet – wurde diese Hüpferei heftiger und der neue Hausmeister sah beim Fegen vor dem Haus, dass sich ein Spalt unterhalb des Haus bildete – aber nur sehr kurz, er war sofort wieder weg, dann wieder da, schloss sich und so fort.

„Das Haus springt in die Höhe", rief er, ließ den Besen fallen und lief zu den Ladenbesitzern. „Sie haben doch auch dieses Rucken gemerkt, nicht wahr? Das Haus, es springt, ich habe es gesehen!"

„So ein Unsinn! Am helllichten Tag betrunken!", meckerten diese. Der Graukittel ging wieder zurück und beobachtete angestrengt das Haus. Mit der Zeit wurden die Sprünge höher. Manchmal schwebte es sekundenlang ein paar Zentimeter über dem Bürgersteig. Der Hausmeister ließ einen Sachverständigen kommen, der die Gebäudestruktur untersuchen und das Haus auf Stabilität überprüfen sollte, verschwieg aber seine Beobachtungen. Klar, er wollte ernst genommen werden. Der Fachmann überprüfte die Steinwände, ließ Probebohrungen machen und meinte schließlich: „Es befindet sich relativ viel Gas in den Steinen. Dadurch zerbröseln sie und das Gas breitet sich im Haus aus."

„Und was kann man da machen?", fragte der Graukittel.

„Gar nichts, Sie können ja nicht die Steine an dem Haus auswechseln. Ich denke, man sollte die Wände isolieren."

„Kommt überhaupt nicht in Frage!", schimpfte der Hausverwalter, als der Hausmeister ihm das Ergebnis der Untersuchung mitteilte.

„Dafür ist kein Geld da. Die Wände sind schon hervorragend isoliert, das sehe ich doch an den Heizkosten. Und Gas in den Steinen? Wir reden hier von Gas-Beton, völlig normales Baumaterial. Das wär's, und die Kosten der Untersuchung tragen Sie!", damit schob er den Hausmeister aus seinem Büro und schloss von innen die Tür.

Dem blieb nichts anderes übrig, als das Haus weiter zu beobachten, und das verhielt sich bald wie ein Ballon: In einer frühen Morgenstunde, bei besonders guter Thermik, schwebte es weit nach oben und sank dann wieder zurück.

Mit Seilen und Ketten versuchte der Hausmeister, es am Boden zu verankern. Er rammte riesige Nägel in den Boden und verschraubte sie mit den Ketten.

Und das war gut so, gerade rechtzeitig, bevor sich das Haus am nächsten Morgen wieder davonmachen konnte. Leider verfing sich jeder Windstoß unterhalb des Hauses und zog es seinerseits noch mehr in die Höhe.

Schließlich zerrten die Gase und die Winde so sehr an dem Haus, dass es sich mit einem heftigen Ruck losriss und entschwebte. Zurück blieb der Hausmeister, der zu seinem Glück gerade den Bürgersteig fegte. Er schloss die Augen, um das riesige Loch im Boden nicht zu sehen, denn mit dem Haus war auch der ganze Kellerblock entschwunden, und fegte tapfer weiter den Bürgersteig.

# Das wachsende Haus

Täglich fegte der Hausmeister den Bürgersteig und vermied dabei, in das große Loch zu sehen, welches das schwebende Haus hinterlassen hatte. Die Sonne schien dabei unbeeindruckt vom Himmel, doch ihre Strahlen verfingen sich in der Grube und blendeten ihn.

Ungewollt schaute er in das Loch und sah ein winzig kleines Haus, genauso aussehend, wie sein alter Arbeitsplatz, mit geöffnetem Dach. Bald darauf setzte ein leiser Regen ein, er ging in die nahe Imbissstube, die sein neues Zuhause geworden war, und kehrte später zum Fegen wieder.

Das Haus in der Grube war jetzt doppelt so groß und wuchs mit jedem Regenschauer weiter. Nach einiger Zeit hatte es genau die Größe des alten Hauses erreicht und nahm dessen Platz ein. Passanten schauten nicht hin, sahen nichts, hörten nichts, dabei machte das Ausdehnen der Steine gehörige Geräusche.

Vorsichtig ging der Hausmeister hinein, die Treppe hinunter zum Keller. Hier war ein Kellerbüro eingerichtet, das haargenau seinem alten Büro glich. Er ging wieder hinauf. Der Hausflur wimmelte nun von Menschen, von Geschäftsleuten und deren Kunde, die durcheinander schnatterten. In den Stockwerken standen Malergerüste und Farbeimer herum. Von oben rief eine Stimme: „Kommen Sie herauf, hier ist ein Wasserhahn undicht!"

„Alles wie immer", lachte er und hütete sich, in das vierte Stockwerk zu gehen. Dann streifte ihn ein kalter Luftzug von oben, er schaute über das Treppengeländer gebeugt hinauf und sah weißen Nebel herunterwabern.

Glücklich pfeifend kehrte er die Treppenstufen, begrüßte die Besucher und schloss am Abend, als Ruhe eingekehrt war, die Haustür ab.

# Nicht schlafen!

Ein Morgen, kurz vor zehn Uhr, der Blumenladen-besitzer geht mit einem Becher Kaffee in der Hand vor das Haus, um die Sonnenstrahlen zu genießen und ein wenig mit vorbeikommenden Kunden zu plaudern. Im Hausflur unter ihm ein leises Ruckeln. Kurzfristiger Schwindel, er bleibt stehen, der Kaffee im Becher schwappt hin und her, dann geht er vor-sichtig weiter und stellt sich auf die unterste Trep-penstufe des Hauseinganges, schlürft das heiße Getränke und plaudert mit Bekannten. Da ertönt aus dem Laden die Stimme seiner Frau: „Theo, kommst du mal bitte? Es geht hier um eine Bestellung, ich weiß nicht Bescheid, du hast sie wohl angenommen."

„Ich komme!", ruft er, will in den Laden gehen, im Flur wieder das leise Ruckeln, Schwindel, über die Augen gewischt und ab in den Verkaufsraum. Seine Frau ist nicht da. ,Seltsam', denkt er, ,nun ja, dann halt später', geht zurück in den Flur und da ist das Ruckeln wieder, diesmal etwas stärker, aber sofort verschwunden. Der Kaffeebecher halbleer, er geht erneut zur Hauseingangstreppe und sieht die Men-schen rückwärtsgehen. Auch die Autos, ein Bus und ein Mann auf einem Motorrad bewegen sich rückwärts. „Hey!", ruft er. „Was ist denn los?" Nie-mand antwortet, die Menschen eilen mit starrem Blick rückwärts am Haus vorbei. ,Ich muss verrückt geworden sein', denkt er. Übelkeit, kalter Schweiß, er will wieder in seinen Laden, kann aber ebenfalls nur rückwärtsgehen. Im Verkaufsraum sieht er, wie sich eine halbverwelkte Tulpe, die er eigentlich schon gestern aus der Vase nehmen wollte, wieder aufrichtet. Aus dem hinteren Raum kommt seine Frau, natürlich auch rückwärtsgehend.

„Was wolltest du eben von mir? Und wieso gehen alle Menschen verkehrt herum?", fragt er sie.

Die Frau schaut ihn an, spricht aber nicht und verlässt sehr sicher und sehr rückwärts den Laden. Der Postbote kommt, bringt aber keine Post, sondern zieht Briefe aus den Briefkästen und steckt sie ein. Rückwärts geht er wieder hinaus. Der Blumengroßhändler erscheint und sammelt fast alle Blumen des Ladens ein, stopft sie in Kisten und verschwindet so rückwärts, wie er gekommen ist.

Es wird dunkel, der Ladenbesitzer schaut auf die Uhr: 5 Uhr! Um 5 Uhr schon dunkel? Im April? Nein, es ist 5 Uhr AM, wie seine Digitaluhr anzeigt. Er gähnt, wird müde, geht in den Hinterraum, in dem eine Liege steht und legt sich schlafen. Er erwacht in Dunkelheit. Ist es noch immer dunkel oder schon wieder? Seine Armbanduhr gibt Aufklärung: 11 Uhr PM, das Datum ist um einen Tag zurückversetzt. Also später Abend! Müdigkeit, er fällt wieder in einen tiefen Schlaf. Als er erwacht, ist es hell und laut. Der Kalender, der über dem Arbeitstisch hängt, auf dem er immer die Blumen und Kränze bindet, zeigt das Jahr 1994 an. Er steht auf und geht in den Laden, Gott sei Dank ganz normal und nicht mehr rückwärts. Seine Frau steht hinter der Theke, kassiert, spricht und lacht mit den Kunden, verjüngt um 15 Jahre. Die alte Dame aus dem dritten Stock ist eine Frau in den besten Jahren, chic gekleidet. Der junge Mann aus dem ersten Stock ein Teenager mit langen Haaren. Als seine Frau ihn sieht, gibt sie ihm einen

Kuss: „Hast du gestern so lange gearbeitet, Schatz? Ich brühe dir gleich frischen Kaffee auf. Rasieren solltest du dich mal!" Er geht wieder in den Hinterraum und schaut in den Spiegel, der über dem Waschbecken hängt. Ein bärtiger Mann um die 30 schaut ihn an. Rasieren hat Zeit, das Geschäft ist wichtig und so arbeitet er den ganzen Tag, Arbeit schaltet das Denken aus und beruhigt, macht müde, sehr müde und so geht er am Abend nicht mit seiner Frau in die Wohnung , sondern sinkt wieder auf die Pritsche des Hinterzimmers und schläft übergangslos ein. Er bemerkt das Grummeln und Ruckeln nicht, dass wieder von unten kommt. Die Worte: „Hallo, Bedienung!", wecken ihn aus totenähnlichem Schlaf. Ängstlich schaut er auf den Kalender, der das Jahr 1981 anzeigt. Schreiend springt er auf, schaut in den Spiegel und sieht das frische Gesicht eines sehr jungen Mannes, fast noch ohne Bartwuchs.

„Hallo, ist denn da keiner?", ruft wieder die Stimme. Eine etwa 40jährige Frau wartet im Laden.

„Was darf es denn sein?", fragte er und wird von einem verführerischen Blick gestreift.

„Sie! Aber das geht ja nicht. Also ein Dutzend Tulpen bitte. Bringen Sie mir den Strauß doch bitte nachher hoch. Dritter Stock, Sie wissen ja. Wenn ein Junggeselle wie Sie Zeit dazu hat", fordert die Frau.

Vorsichtig geht er etwas später aus dem Laden nach draußen, erwartet rückwärtsgehende Menschen, aber nein, nichts, alles völlig normal bis auf, ja, die Kleidung, die Frisuren, die Autos. Er stellt sich auf die Steinstufen der Eingangstreppe und beobachtet den Straßenverkehr. Viele Autos fahren vorbei, aber nicht so viele, wie er erwartet hätte. Er hält Ausschau nach bekannten Gesichtern und kann doch nur raten. 1981, das ist 28 Jahren zurück in der Zeit. Kalter Schweiß, Atemnot, er stürzt in seinen Laden – doch ist es wirklich seiner? Hat er ihn doch erst 1992 von dem Vorbesitzer übernommen. Die Liege im Hinterzimmer ist aber noch die gleiche. Er legt sich darauf, schließt die Augen, schreckt hoch: „Ich darf nicht schlafen!", ruft er. „Immer wenn ich erwache, ist die Zeit weiter zurückgedreht! Ich darf einfach nicht schlafen!"

„Mir gefällt das Wort ‚einfach' nicht", hört er jemanden sagen. Ein alter Mann steht vor ihm. „Und warum dürfen Sie denn nicht schlafen?"

„Wenn ich schlafe, dreht sich die Zeit rückwärts, immer weiter rückwärts."

„Woher wissen Sie das?", fragt der Mann mit zusammengekniffenen Augen. „Weil ich es erlebe!", schreit der Blumenmensch. „Aber zum Glück gehen die Menschen jetzt wieder vorwärts. Das Rückwärtsgehen war ja schlimm und unerträglich. Haben Sie auch bemerkt, dass die Zeit anders läuft als sonst?"

„Ja, natürlich!", antwortet der Alte.

„Dann sind wir ja schon zu zweit", frohlockt der junge Mann. „Ob das etwas mit dem Ruckeln von unten zu tun hat? Am Anfang, als sich alles veränderte, ruckelte der Boden in diesem Haus so."

„Ich denke schon", antwortet der alte Mann, „wir müssen nachsehen. Wissen Sie, im Keller ist nämlich das Zeitrad."

„Zeitrad? Das klingt so mechanisch!"

„Natürlich, haben Sie noch nichts von der Himmelsmechanik gehört? Man kann doch alles erklären."

„Aber diese Vorstellung ist doch total überholt!", kontert der Jüngere.

„Nicht ganz, wir werden sehen. Kommen Sie mit in den Keller!"

„In den Keller sollen wir gehen? Uiii, dort herrscht doch der Hausmeister", der Blumenmann schüttelt sich, „dem will ich lieber nicht begegnen."

„Einen Hausmeister gibt es in diesem Haus noch nicht, komm mit!", geht der alte Mann zum „du" über und zieht den jungen Mann von der Pritsche. Gemeinsam gehen sie in den Keller hinunter und finden tatsächlich ein Eisenrad, das über einer Wasserleitung angebracht ist.

„Das ist das Zeitrad. Ich denke, wir müssen es nach rechts drehen, damit wir wieder in die richtige Zeit kommen. Jemand wird es nach links gedreht haben, schätze ich", meint der Ältere und beide drehen das Rad ... Wasser spritzt, ein scharfer Strahl trifft den jungen Mann direkt auf die Stirn. Er schwankt, verliert die Besinnung, fällt zu Boden. Er erwacht, liegt auf der Hinterzimmer-Pritsche. Eine Frau beugt sich über ihn, untersucht seine Augen und stellt sich vor: „Dr. Winter, guten Tag. Da sind Sie ja wieder. Wie fühlen Sie sich?"

„Nicht gut", brummt er und hält sich die Stirn, „welches Datum haben wir?"

„Den 16. Juli 1972, den ganzen Tag lang", lacht die Ärztin über den alten Witz.

„Oh Gott, nicht schon wieder", jammert der Verletzte.

„Was nicht schon wieder?"

„Immer wenn ich schlafe, läuft die Zeit rückwärts. Jetzt bin ich aus dem Jahr 1981 nach 1972 katapultiert worden. Wo ist der alte Mann? Wir haben doch zusammen an dem Zeitrad gedreht, damit das mal ein Ende hat."

Die Ärztin schaut ihn besorgt an:

„Hm, Sie haben doch mehr mitbekommen, als ich zunächst gedacht habe. Das war doch kein Zeitrad, es war das Wasserrad, mit dem man die Wasserzufuhr regelt. Sie haben es mit dem Alten zusammen weit aufgedreht und ein heftiger Wasserstrahl hat sie am Kopf getroffen und zu Boden gestreckt. Deshalb liegen Sie ja hier. Haben Sie Schmerzen?"

„Nein, nein. Ich dachte, es wäre wirklich das Zeitrad."

„Zeiträder gibt es doch gar nicht. Die Zeit fließt ... die kann man nicht mit einem Rad stoppen. Machen Sie die Augen zu, ruhen Sie sich aus, schlafen Sie!", sagte die Ärztin und deckte ihn mit einer alten Wolldecke zu.

„Ich darf nicht schlafen", murmelt er unter der Spritze, die ihm die Ärztin gibt – und schläft ein.

Er erwacht in völliger Dunkelheit. „Ich will nicht!", ruft er. „Ich will nicht!", und schlägt mit den Armen um sich, spürt Stroh und eine kratzige Decke unter sich. Kleine rote Augen starren ihn an, etwas huscht umher.

Ratten!

Er springt auf, tastet nach dem Lichtschalter. Nichts. Da ist nichts. Wo sonst ein Kippschalter war, fühlt er nur bröckeliges, unverputztes Gemäuer.

„Wie lange habe ich geschlafen?", ruft er. „In welchem Jahr bin? Ich will nicht ...", legt sich wieder hin und versucht, nicht einzuschlafen, doch die Mächtigkeit der Ereignisse brechen seine Widerstandskraft und bald befindet er sich in einem komaähnlichen Schlaf.

Ein Lichtschein vor seinen Augen holt ihn aus der Tiefe des Unbewussten.

„Wer bist du und was machst du hier?", herrscht ihn ein Mann an, eine Petroleumlampe in der Hand. „Mach, dass du fort kommst!"

„Mir gehört dieser Laden", antwortet der Blumenhändler und versucht, das Gesicht des Fremden zu erkennen.

„Unsinn, mir gehört diese Korbflechterei", ruft der Mann empört. „Diebe, Gesindel!", packt ihn am Kragen, zerrt ihn zur Tür und wirft ihn aus dem Haus.

Da steht er auf der Straße, Kopfsteinpflaster, Löcher, Dreck, fahles Mondlicht. Seine Kleidung Lumpen. Er fährt mit der Hand durch das Gesicht, Schmutz bleibt an seinen Händen kleben. Ein Pferdewagen rattert vorbei, zwei magere Hunde rennen hinterher, eine Peitsche knallt.

Er läuft durch die Straßen und Gassen und weiß doch nicht, wonach er sucht. Schließlich gelangt er an einen kleinen Fluss und setzt sich an das Ufer, beugt sich über das Wasser und erkennt sein Spiegelbild nicht.

„Mein Gott, wer bin ich?", klagt er. „Und wo bin ich?"

„Das wissen Sie nicht?", eine junge Frau, unbemerkt herbeigekommen, setzt sich zu ihm, den langen Rock schlingt sie um die nackten Beine.

„Immer wenn ich geschlafen habe, ist die Zeit rückwärts gelaufen und ich bin um Jahre zurückgeworfen worden. Und nun weiß ich nicht, in welchem Jahr ich bin und was ich hier mache. Verstehen Sie das?"

„Nein", die Frau schüttelt den Kopf, „das verstehe ich nicht. Aber vielleicht sollten Sie wach bleiben, wenn Ihnen das Schlafen so viel ausmacht, und kommen dann dahin, wo Sie herkommen."

„Zurück – in die Zukunft?", meint er.

„Merkwürdig! Lächerlich!", sagt die Frau nun ohne Freundlichkeit, steht auf und geht, ohne sich umzudrehen.

„Sie hat Recht, ich muss wach bleiben, wach bleiben, wach bleiben. Ich muss wach bleiben, wach bleiben, wach bleiben", wiederholt er und das monotone Gemurmel wiegt und zwingt ihn in den Schlaf.

„Nun komm! Werde doch mal wach, Theo! Sind so viele Kunden da. Ich verstehe ja, dass du müde bist, aber schlafen kannst du auch heute Abend noch, wenn die Arbeit getan ist!", seine Frau rüttelt ihn. Er schlägt die Augen auf, schaut sich um, liegt auf der Liege im Hinterzimmer seines Blumenladens und sucht den Kalender. Es duftet nach Kaffee, ach, ja, die neue Maschine! Belegte Brötchen stehen auf dem kleinen Tisch vor dem Fenster. Er wagt nicht, nach dem Datum zu schauen und weiß es doch.

„Ja, wir liefern den Kranz nächsten Dienstag, am 21. April 2009", hört er seine Frau eine Bestellung bestätigen. Also ist es wahr.

„Theo, bitte hilf mir!", bittet ihn seine Frau wieder. „Mach doch bitte den Tulpenstrauß für die alte Dame aus dem dritten Stock fertig. Ein Dutzend und bring ihn gleich rauf. Sie wartet!"

„Wie spät ist es?", seine Antwort.

„15.13 Uhr!"

Er geht in den Laden, bedient die Kunden, läuft aber immer wieder ins Hinterzimmer, um sich vom Datum zu überzeugen. Am Abend stellt er sich auf die unterste Stufe der Eingangstreppe und erfreut sich an den Menschen seiner Zeit, grüßt Bekannte, plaudert und schiebt den Gedanken ans Schlafen weit von sich. Aus einer Gruppe von Frauen kommt eine junge Dame auf ihn zu, lächelt ihn an, grüßt ihn und fragt, wie es ihm geht, was der Kopf macht.

„Dr. Winter", ächzt er, „woher kommen Sie denn?"

„Immer noch Zeitprobleme?", fragt sie und schaut besorgt.

„Ich weiß nicht ...", der Blumenmann hält sich den Kopf und setzt sich auf die Steintreppe. Die Ärztin hockt sich daneben. „Immer wenn ich schlafe, dreht sich die Zeit zurück", jammert der Blumenmann, „und ich weiß nicht, was ich dagegen machen kann."

„Wissen Sie, im Traum kommen Bilder aus der Vergangenheit hoch, die Seele kennt keine Zeit und manchmal kann man Traum und Wirklichkeit nicht unterscheiden."

Der Mann nickt: „Ich will aber hier bleiben, in meinem Leben."

„Das wünsche ich Ihnen", sagt die Ärztin, steht auf und verschwindet im Nebel der Vergangenheit.

Der Blumenhändler lebte noch viele Jahre, aber in welcher Zeit, das wurde ihm nie mehr richtig klar.

# Hausende

## oder

## Das Mörderhaus

„Nach Hause, ich will nach Hause", sang die Frau vor sich hin, als sie in das Haus hinein ging. Ein Tuch um den schmalen Kopf gebunden, die abgearbeiteten Hände hatte sie um ein Päckchen geschlungen.

„Wo wollen Sie denn hin?", fragte der Hausmeister und sah sie misstrauisch an.

„Nach Hause, nach Hause will ich gehen", ertönte der Singsang weiter von ihren Lippen. Sie drängte sich an ihm vorbei und stieg die Treppe hinauf. Der Graukittel wollte hinter ihr her und sie zurückhalten, denn ungebetene Besucher mochte er gar nicht, doch da erschien vom Hausflur her eine weitere Frau, die in den Gesang mit einstimmte: „Nach Hause, nach Hause soll es gehen."

„Halt! Wo wollen Sie denn hin?", rief der Hausmeister und erblickte zu seinem Entsetzen zwei Männer, die ebenfalls die Treppe erklommen und sangen.

„Hier können Sie nicht hinauf. So warten Sie doch!", rief er verzweifelt. Vom Hausflur her strömten immer mehr Menschen. „Nach Hause, nach Hause!", sangen sie. Der Hausmeister hielt sich die Ohren und versuchte, sie zurückzudrängen. Es waren zu viele. Sie quetschten ihn ein, er rang nach Luft. Die Wände des Hauses kamen auf ihn zu, die Treppe wurde schmaler, einige der Menschen fielen über das Geländer hinunter. Von unten drängten neue Leute nach und schoben die anderen nach oben. Der Hausmeister

140

ging im Gewühl unter, lag auf der ersten Etage auf dem Boden, wurde zertrampelt. Die Menschenmenge drängte weiter nach oben und verlor sich nach der dritten Etage im Nebel des geöffneten Daches.

Draußen, vor dem Haus, spitzte sich die Lage zu. Polizei und Feuerwehr stoppten den Menschenzug und drängte die Menge auseinander. Dann verschlossen sie den Eingang. Nach ein paar Stunden war der Spuk vorbei. Die Verantwortlichen öffneten die Haustür.

„Wie viele sind hinein gegangen?", fragte der Hauptkommissar den Einsatzleiter der Feuerwehr.

„Ich schätze mal, so um die zwei- oder dreihundert. Hoffentlich finden wir sie lebend."

Sie gingen durch den Flur des Hauses zum Treppenhaus, doch hier war keine Treppe mehr. Die Wände hatten die Treppe zusammen geschoben und zerdrückt, rechts und links lag Schutt. Auch der Blick nach oben war ihnen verwehrt, ein paar lose Kabel baumelten herunter.

„Wo sind sie hin und was ist geschehen?", fragte der Polizist

„Ich glaube, sie sind alle tot. Die Wände haben sie zerdrückt ...", murmelte der Feuerwehrmann.

„Sie meinen, das Haus hat sie getötet?"

Der Polizeichef nickte.

„Mörderhaus!", schrie sein Kollege. Seine Stimme hallte durch die Trümmer, ließ sie erbeben, die Bruchstücke bewegten sich, kamen ins Rutschen und begruben die Retter unter sich.

Die Polizei- und Feuerwehrtruppen warteten noch mehrere Stunden auf die Rückkehr ihrer Chefs, realisierten deren Tod und versiegelten dann den Hauseingang. Ein Sprengtrupp machte dem Haus einige Tage später den Garaus, es wurde aus den Grundbüchern und den Analen der Stadt eliminiert. Sämtliche Fotos des Hauses wurden vernichtet und alle Einwohner, die jemals mit ihm zu tun gehabt hatten, mundtot gemacht und verbannt -

und das ist auch der Grund dafür, dass dieses Buch nie geschrieben worden ist ...

# PS: Die Nachgeschichte

Die Grünanlage auf dem ehemaligen Platz des nie dagewesenen Hauses erfreute sich allgemeiner Beliebtheit. Feste wurden gefeiert, Kinder spielten, Jugendlich trafen sich am späten Abend und auch Penner und Straßenmusiker fühlten sich wohl hier, tranken und spielten. Er wirkte anziehend, der kleine Park, und er war so schön, dass es den Kindern schwer fiel, am Abend nach Hause zu gehen. Sie versteckten sich unter den Tischtennisplatten oder Gartenbänken. Sicher, manches Kind wurde nicht gefunden, aber darüber schwieg man, wie man überhaupt nicht redete, über das, was früher hier einmal gewesen war. Es geriet ja auch in Vergessenheit und es gibt ja Wichtigeres, nicht wahr? Etwa verschwundene Kinder! Ach nein, das war ja kein Thema. Auch nicht das leise Grummeln, das ab und zu vom Boden aufstieg. Ja, man könnte meinen, die Erde blubberte, so wie Erdöl oder flüssige Lava. Liebe Leute, doch nicht hier und mitten in der Stadt!

So wurde ein ganz großes Fest geplant, ein Sommerfest, mit Flohmarkt und Würstchenständen, Glücksrad und Bierzelten. Die Fläche sei zu klein, meinen Sie? Es hätte ja vorher hier nur ein Haus gestanden? Welches Haus denn? Hier gab es nie eines ...

Das Fest wurde also geplant und durchgeführt. Mich wundert es nicht, dass mitten in der Feier der Boden ruckte, sich auftat, zunächst flüssige Erde ausspuckte und dann alle Menschen verschluckte. Zurück blieb ein Krater.

Arbeiter der Stadt rückten am nächsten Tag an, um das Loch zu verfüllen. Keine Chance, es war so tief, dass man den Grund nicht sehen und sogar mit einem sehr langen Lot nicht ergründen konnte. Ein Zaun wurde darum herum gebaut, der aber auch bald in sich zusammenstürzte.

Gefahr drohte, die Menschen fürchteten sich. Auch wenn niemand darüber sprach, so hatten doch alle Angst, von dem Loch verschluckt zu werden. Bald zogen die ersten Bewohner der Straße fort. Weitere folgten und die Stadt verlor sämtliche Einwohner. Eine menschenleere Stadt, eine Geisterstadt, die zerfiel, blieb übrig. Ich denke, das geschah dem Loch ganz Recht.

Oder wie sehen Sie das?


Bist nicht gegangen
wirst nun mit hangen

wurdest verraten
musst nun verzagen

wirst hinausgetragen
kommst in den Wagen

keiner wird nach dir fragen
niemand wird dich beklagen

und mit dir ist es aus
**unerbittlich, das Haus**

# PPS

Im Jahr 2020 entstand wirklich ein Loch, eine Baugrube. An der Stelle des Hauses entsteht nun ein dreistöckiges Haus. Es wird ein Stadtteiltreff gebaut. In einem Bereich soll vor allem die Betreuung von Kindern und Jugendlichen stattfinden ...

Nun wird an dieser Stelle wohl kein Kind mehr vor Vernachlässigung schreien müssen.

# Inhalt

# Angelika Pauly

Angelika Pauly, dreifache Mutter und zweifache Großmutter, wurde am 15.4.1950 in Wuppertal geboren.

Sie ist Schriftsetzerin und Buchdruckerin, Schriftstellerin und Musikerin zugleich.

Sie begann ein Studium der Mathematik an der Bergischen Universität Wuppertal. Die Mathematik hat sie auch nie richtig losgelassen. So belegt Angelika Pauly noch heute regelmäßig verschiedene Mathekurse, z.B. an der Fernuni Hagen. Zuletzt „Zahlentheorie" und demnächst vielleicht „Gewöhnliche Differentialgleichungen", je nach Zeit und Interesse.

Außerdem entdeckte sie schon sehr früh ihre Schreib- und Musikleidenschaft. So begann sie Kinder- und Märchenbücher zu schreiben, außerdem Fantasy-Bücher, Lyrik und Kinderlieder, die sie selber instrumentiert.

Ihre erste Veröffentlichung datiert aus dem Jahre 1974.

Sie lebt in Wuppertal, ist aber Mitglied der Gesellschaft der Lyrikfreunde Innsbruck und Mitglied des Vereins der Schriftstellerinnen und Künstlerinnen Wien.

Neben der Gitarre spielt sie auch gerne Keyboard.

www.angelika-pauly.de

Angelika Pauly, „Das unerbittliche Haus"
© Carow Verlag, Philippinenhof 6a, 15374 Müncheberg
Alle Rechte vorbehalten, Juni 2020
Satz: Ron Carow
Lektorat: Dr. Stefanie Küpper
Druck und Bindung: Frick Kreativbüro & Onlinedruckerei e.K.
Printed in Germany

ISBN: 978-3-944873-48-0

http://carow-verlag.de